星海社文庫

ぼくらは虚空に夜を視る

The Night Watch into The Night Yawn

上遠野浩平

Illustration/serori

真空を視る
to vacancy

生死を視る
under death

境界を視る
from border

間際を視る
by gap

夜を視る
in the night

星を視る
over the stars

あなたの推進装置《ロケット》は私を星へと導いたが、
天までわずか半マイルというところで、
私は真《ま》っ逆様《さかさま》に叩き落とされてしまった
冷たい――とても冷たく凍った世界へと

――スティーヴィー・ワンダー〈ロケット・ラヴ〉

『星は人間がやってくるのを待っているし、人間は必ず行ってそれを自分のものにするに決まっているんだ。いつの日にか、たぶん思いがけなく急に、人間は宇宙の遥か奥の空間に躍《おど》り出るに違いない』

——フレドリック・ブラウン〈天の光はすべて星〉

真空を視る

to vacancy

——警告、警告。

第二段階までの時空切断が解除されています。

第三段階の時間加速が限界です。

緊急の修復および再設定が必要です。

超光速機動《ちょうこうそくきどう》はあと二ナノセカンドで限界点を越えます。

警告、警告。第二段階までの——

……めだ、もう保《も》たない。もう駄目《だめ》だ——本機は撃《げき》……

——敵弾反応。ただちに回避《かいひ》行動をとってください。敵弾——

……そして目の前で火花が散ったような気がして、そして——

1.

——ぱあん、
という風船が割れるみたいな派手な音を立てて、工藤兵吾《くどうひょうご》の頬《ほお》が見事に鳴った。

「——っ低ね！　あんたってホントに最っ低だわ！」

兵吾の幼なじみである聡美《さとみ》は、自分が叩いた相手の頬よりもさらに顔を真っ赤にして怒っていた。

「——つっ」

兵吾はくらくらする頭を手で押さえた。

「……あれ？」

一瞬、自分がどこにいて、何をしているのかわからなくなった。

「なんだ……？」

「なんだじゃないわよ！」

兵吾の耳を摑《つか》んで、聡美は怒鳴《どな》った。

「兵吾、あんたにはデリカシーってものがないの⁉　あの娘《こ》、かわいそうに泣いてたじゃないのよ！」

耳元で言われて、兵吾ははっと我に返った。

周りを見回すと、やはりそこは学校の裏庭で、空は赤く染まっている。夕暮れ時の、人《ひと》気《け》のなくなった放課後である。

「――えーと」

ひりひりする頬をさすりながら、兵吾はつい今さっきのことを思い出していた。それはなんだか百年も前のことのようにも思えたが、実際には一分と経《た》っていない。

後ろを振り向くと、彼の前から泣き出して逃げていった女の子の後ろ姿が見えたが、校舎の蔭《かげ》に回って、すぐに消えた。

「……あー。そうか」

そもそも事の起こりは、彼の下駄《げた》箱に一通の手紙が入っていたことから始まったのだ。ミントグリーンの、ワニのキャラクター絵が描かれた可愛らしい封筒に入っており、宛名の「工藤兵吾さんへ」という字も女の子の丸っこい字体であった。

兵吾はすぐさま考えた。

これは罠《わな》に違いないと。

（あいつら……こんなくだらねー呼び出しをしやがって）

彼は、校内のとある連中と今トラブルを起こしていた。彼の方はなんということもないのだが、相手が突っかかってくるのだ。

こんな古典的なラブレターなんか今時あるものか。これを見て兵吾が「ひゃっほう」とばかりに喜んでやってきたら、あいつらが出てきて笑われるという寸法《すんぽう》に違いない。

しかし兵吾は、それでもわざとその呼び出しの場所に行った。

奴等を叩きのめしてやるつもりだった。

喧嘩沙汰《けんかざた》になれば、下手《へた》すれば停学処分になるかも知れないが、彼は連中の陰湿《いんしつ》ぶりにはほとほと嫌気《いやけ》が差していたのだ。

だが身構えて学校の裏庭に行ってみると、そこには見知らぬ女子が一人いるだけだったので、彼はまず訊《き》いてみた。

「連中はどこだ？」

「………………」

女子は無言で、彼のことを見つめている。

「いや、あんたはもういいよ。別に恨《うら》みに思ったりはしない。ただ面倒はさっさとすませたいんだよ。あんたを使って俺を呼び出させた奴等はどこに隠れているんだ？」

彼は訊きながら辺りを油断《ゆだん》なく見回した。

だがここで予想外のことが起きた。

「……そんな――んじゃないわ」

押し殺して、かすれた声がしたので、兵吾が目をやると、女子は両手をぎゅっと握りしめていた。

そして、その両眼からあふれ出したものは、涙だった。彼女は泣いていた。

「……あ?」

兵吾にはまったく理解不能の反応だったので、彼はきょとんとしてしまった。

「どうした? 目にゴミでも入ったか」

そう訊いた途端《とたん》に、女子はいきなり逃げ出してしまった。

なんなのかさっぱりわからないで、兵吾が茫然《ぼうぜん》としていると突然、物陰《ものかげ》から彼の幼なじみの槇村《まきむら》聡美が出てきて、そして——

ぱあん、

——と、ひっぱたかれたのだった。

(……そうだったそうだった——でもなんか、妙に頭がふらふらするな)

兵吾は落ち着かない気持ちがして、また辺りを見回す。

やはり、そこは夕暮れの校舎裏である。

「あんたってホントに人の心ってものがわかってないのね!」

聡美はまだ大声を出していた。

「なんだよ槇村——俺は、ただあいつらからの呼び出しで」

兵吾が説明しようとしたところで、聡美は「はあっ」と深いため息をついた。

「あんた——バカね」

ものすごく容赦《ようしゃ》のない言い方だったので、さすがに兵吾もかちんときた。

「な、なんだよ。いきなり殴られて、なんでそんなこと言われなきゃなんないんだよ?」

だが聡美は聞く耳を持たないで、

「あの逃げちゃった娘は、本気だったに決まってるでしょう? それをあんたったら、あの娘の方をまともに見もしないでさ」

と一気に言った。

「……はあ?」

「はあ、じゃないわよ! そんなこともわからないの?」

「…………」

兵吾はさっきの娘の顔を思い出そうとしてみた。だがどうにも……印象が残っていない。

だが確かに、あの連中が出てくる気配はない。聡美は彼以上に奴等とそりが合わないから、一緒であるはずもないし。

「……えーと」

どうも頭がはっきりしない。

とんだ勘違《かんちが》いをしていた、そういうことらしいが、何かがおかしい。何がおかしいのだろう?

「……変だな?」

「変なのはあんたの頭よ」

「いや——そうじゃなくってよ。なんつうか……まあいいか」

「よくないわよ」

聡美はなんだか、やたらに腹を立てている。

そういえば、と兵吾はあらためて思った。

「そういえば槇村、おまえはなんでこんな所にいるんだよ?」

こいつの現れ方もずいぶんと突拍子《とっぴょうし》もなかったような気がする。

訊かれて、聡美はちょっとあわてた顔になった。

「い、いやそれはあれよ。別になんてことないんだけど——そうそう! たまたまよ、たまたま立ち寄ったのよ!」

ムキになって言う。

「たまたまって、とっくに下校してる時間だろう」

「そ、それでもたまたまなの! いいじゃないのよあたしのことなんか」

「よくねーよ。なんか間違いだったから良かったが、実際にあいつらからの呼び出しだったらおまえ、危なかったんじゃないのか」

兵吾がそう言うと、聡美は「え」と目を丸くした。

その無防備《むぼうび》な感じに、兵吾はますます呆《あき》れた。

「それぐらい気がつけよな。一人であんまりふらふらしてんじゃねーや」

「……そ、そういうあんたこそ、下駄箱に手紙が入っていたからって、浮かれてこんなとこに来てさ」

ぽつり、と言った聡美の言葉に兵吾は、おや、と思った。

「なんでおまえが下駄箱に手紙が入っていたことを知ってるんだ？　見てたのか、俺が手紙を取るところ」

手紙のことは誰にも言っていないから、そういうことになる。

だが質問されて、聡美の顔がなぜか見る見るうちに真っ赤になった。

「…………」

そして黙り込む。

「……な、なんだよ。急におとなしくなって。なんか変なこと言ったか俺」

「——いいのよ別に！　いいでしょそんなことは！」

聡美はいきなり大声を出した。

「な、なんだよ。なに怒ってんだよ？」

兵吾は訳がわからない。もしかして聡美は彼の後を尾《つ》けてきて、それでここに現れたのかも知れないが、それならなんで途中で声をかけなかったのだろうか？

彼と聡美は、結構気の置《お》けない仲で、なんでも気軽に話せると思っていたのだが……。

兵吾は、なんとなく寂《さび》しい気持ちになった。

「と、とにかく……」

兵吾のそんな顔を見て、聡美の方もバツが悪い表情をしている。

「今の娘《こ》はどこに行ったのかしら？　あんた、ちゃんと謝った方がいいわよ」

「うーん、まあ、そうかも知れないな……」

しかし、二人であちこち見てみたが、もう彼女はどこにもいなくなっていた。

「……仕方ないわね。明日はちゃんと謝るのよ」

聡美が、なんだかほっとした感じで言った。

「でもよ、呼び出しに協力してたんじゃないのかな、やっぱり」

兵吾はまだ腑《ふ》に落ちない。

「俺がもう気づいちまっていたから、それで逃げたんじゃないのか」

「そんなことで泣いたりはしないわよ」

「そうかあ？」

「そうよ。まったく女の子の心ってモノがわかってないんだから」

「おめーに言われてもなあ」

「……どういう意味よ？　それ」

「だって、ほら、いわゆる女の子らしいってガラでもないしよ」

笑いながら言ったら、また平手《ひらて》が飛んできて兵吾の頰が派手に鳴った。

目の前で火花《ひばな》が散った。

「——ばか！」

「痛えなぁ。別にバカにした訳じゃねーよ！」

兵吾は早足《はやあし》で先に行く聡美を追いかけた。

なんとかとりなそうとあれこれ言ってみるが、聡美は口を尖《とが》らせて返事をしない。

（——ちぇっ、なんだよ）

兵吾はだんだん馬鹿《ばか》らしくなってきた。なんでたかがつまらない手紙ひとつでこんな苦労をしなくてはならないのだろうか？

（大したことが書いてあったわけでもないのによ——）

彼は立ち止まって、下駄箱に入っていた手紙を開いてみた。

その途端、彼の目が点になった。そこには奇妙《きみょう》な言葉がびっしりと並んでいた——

……を再装填《さいそうてん》せよ
コアを再装填せよ
コアを再装填せよ
コアを再装填せよ
コアを再装填せよ
コアを再装填……

——一文字が二ミリぐらいしかなく、何百、何千行と連なっている。

（……な、なんだこりゃ？）

彼が絶句《ぜっく》して、立ちすくんでいると、聡美が振り向いた。

「……なによ、なに手紙なんかまた見返してるのよ」

「こ、これを見てくれ！」

彼はあわてて聡美に手紙を渡した。

「？」

聡美は訝《いぶか》しげな顔で受け取り、そして手紙を読み出した。

「〃……工藤兵吾さん。わたしはあなたにどうしても言わなくてはならないことがあります。とても大切なことなのです。他の人から見たら馬鹿馬鹿しいと思うかも知れないけど、わたしにはとてもとても大切なことなのです〟……って、これがなんなのよ?」

「え?」

兵吾はきょとんとして、そしてまた手紙をひったくるようにして取り返した。

そこにはもう、あの奇妙な文章などどこにもなく、前に彼が見た文章と同じものが書かれているだけだった。

「……な、なんだこりゃ?」

「〝なんだ〟はあんたよ」

聡美があきれ果てた、という調子で言った。

「この手紙を見て、なんだって喧嘩の呼び出しだと思うのかしらね。まったくがさつにできてるんだから」

「…………」

兵吾はもう文句《もんく》を言う気にもなれなかった。

確かに……何かがおかしい。

彼は何気《なにげ》なく、すっかり暗くなった空を見上げた。そこには無数の星が瞬《また》いていた。

たくさんの、星が――

(……あれ?)

なにか、とても大切なことを忘れていることに気がついたような、そんな感覚が急に湧《わ》き起こってきた。

めまいを感じて、少しよろけた。

すると聡美が彼の腕《うで》を摑んで、支えてくれた。

「ちょっと、どうしたのよ？　顔色が真っ青だわ」

心配そうに訊いてくれる。

「あ、ああ。ありがとう。大丈夫《だいじょうぶ》だ……」

言いながらも、彼は顔を上げない。

自分でも気がついていなかったが――彼は怖かったのだ。何が怖かったのか？

星空を見るのが怖くなっていたのである。

*

「ふうん――」

この二人を、背後《はいご》から観察する人影《ひとかげ》があった。同じ学校の制服を着ている女子だ。

そして、さっき泣きながら兵吾から逃げ出したはずの、その娘である。その表情には動《どう》揺《よう》も何もなく、さっきの涙の痕跡《こんせき》などどこにも残っていない。

冷ややかに、静かに、兵吾と聡美の二人が夕暮れの通学路を歩いていくのを見つめている。

「あれが新しい〝マバロハーレイのコア〟か。しかし——リンクはまだ完了していないようね」

その少女はぽつりと呟《つぶや》いた。

学校で規定されている鞄《かばん》を真面目《まじめ》に持っていて、その横の記《き》名欄《めいらん》には彼女の名前が記《しる》されている。

『景瀬《かげせ》観叉子《みさこ》』

そう書かれている。

彼女はおよそ意味不明の言葉をひとり呟いている。

「……しかし、マバロハーレイのサイブレータが態勢を整えるまで、呑気《のんき》に待ってはいられない——急いで接続を完了し、コアによる再起動をしないと、我々はあと十機しか残っていない貴重なナイトウォッチを一機失うことになる……」

彼女は、じっ、と上目遣《づか》いの厳しい表情で工藤兵吾を見つめている。

そして彼女は、さっき兵吾に言った言葉を、今度ははっきりと口に出していた。呼び出した連中はどこだ、と兵吾が訊いたときに言った、その正確な言葉を——

「……そんなに簡単じゃないわ、工藤兵吾くん——」

そして彼女も、兵吾と同じように星空を見上げて、そしてその眉《まゆ》をひそめた。

まるで夜空が憎い敵ででもあるかのように。

2.

『……依然として十五人が犠牲《ぎせい》となった連続殺人事件の容疑者《ようぎしゃ》〈青嶋麿之介《あおしままろのすけ》〉は警察の必死の捜索《そうさく》にも関《かか》わらず行方《ゆくえ》が知れません。警視庁は全国への指名手配と同時に、青嶋容疑者には協力者がいるのではないかとの見方を強めており、これに……』

朝のテレビのニュースを聞きながら、工藤兵吾の母である則子《のりこ》は「はあっ」とため息をついた。

「ホントに怖いわねえ。最近の世の中はどうかなっちゃってるわよねえ」

母の述懐《じゅっかい》を聞きながら、兵吾は黙って飯の上に生卵をかけたものをずるずると喰《く》らっている。

「あんたも気を付けなさいよ。今はなんだか、中学生あたりが一番危ないとか言われてるんだから」

「俺もそーゆー意味じゃ同類だぜ」

兵吾が言うと、母はけらけらと笑った。

「あんたが？　よく言うわ。槇村さんトコの聡美ちゃんの尻《しり》に敷《し》かれてる癖《くせ》に」

「誰の尻にだよ――」

タクアンをぼりぼり噛《か》みながら、兵吾はふてくされたように呟いた。しかしその口調に妙に力がないので、母がおや、という顔で見つめてきた。

「あんた、聡美ちゃんと喧嘩でもしてるの」

「そんなんじゃねえよ」

兵吾は自分で電気釜からおかわりした飯に、今度は味噌汁《みそしる》の残りをぶっかけてかっこみだした。

「行儀《ぎょうぎ》悪いわねえ。ちゃんと別々に食べなさい」

「口に入っちまえば一緒だろ――」

口の中にものを入れたまま答える兵吾に、母はため息をついた。その言葉は父親の長作《ちょうさく》の口癖でもあったからだ。

「まったく、この父子《おやこ》は変なところばっかりが似てるんだから……」

彼女が嘆息《たんそく》している間に、兵吾は食べ終わって食卓から立ち上がった。

「ごちそうさん」

そして学校に行こうとする息子の背中に彼女は声をかけた。

「あんた、聡美ちゃんにちゃんとあやまっときなさいよ！　なにしたか知らないけど、あんたが悪いに決まってるんだから」

「だから、そんなんじゃねえよ！」

兵吾は言い返しながら、玄関を出た。

工藤家がこの街の公団《こうだん》住宅に引っ越してきたのは十年前のことだ。槇村聡美は、この団地の同じ棟《とう》に住んでいた。その当時槇村家は団地自治会《じちかい》の役員をやっていて引っ越しを手伝ってくれて、聡美もそのときに一緒だった。それ以来の腐《くさ》れ縁《えん》である。

彼も彼女もずっと公立の学校に進学したので、学区が同じである以上必然的に同じところに通い続けている。

それでもさすがに一緒に登校とかまではしない。兵吾は自転車で、聡美はバス通学だ。

だがその日、団地の自転車置き場に行ったら聡美が待っていた。

仏頂面《ぶっちょうづら》をして、彼に向かってうなずきかけてきた。

「……なんだよ」

「昨日のことだけど」

いきなり聡美は切り出してきた。

「景瀬さんって、確か三組の人だったから」

「誰だそれ」

訊き返すと、聡美はため息をついた。

「手紙の……よ」

「ああ――それが？」

「だから……もう一度会うだけ会ったら？」

「……は？」

「あんたは誤解《ごかい》してた訳だしさ。景瀬さんのことが別に、その、特に嫌いって訳じゃないんだからさ。話をしてみたらいいでしょう？」

「……なんでだよ？」

「なんでって――あんたには礼儀《れいぎ》ってものがないの？　失礼でしょう？」

「なんでおまえがそんなことを気にするんだよ」

兵吾の声は、自分でもそれとわかるくらいに刺々《とげとげ》しいものになっていた。

「――だって、それは」

聡美の声も、彼のそれと似たような響《ひび》きである。

「いいだろ、んなこたぁどーでも！　手紙をもらったのは俺なんだからな。俺の好きなようにするさ！」

兵吾は聡美から目を逸《そ》らしながら怒鳴るように言った。

「……ああそうですか！　じゃあ好きにしなさいよ！」

聡美も怒鳴り返してきて、そして彼女はきびすを返すとその場から走り去った。

「――けっ」

自転車を出しながら、兵吾は口の中でぶつぶつと何かを呟いていたが、何を言っているのか自分でもよくわからなかった。

「……んだよ……ったく……冗談じゃねえよ……俺はなあ……くそっ」

そしてペダルに足をかけて、一蹴《け》りくれようとした、そのときだった。

〝──敵……〟

急に、耳元でそう囁《ささや》かれた気がして、兵吾はびくっ、と身を強張《こわば》らせた。

「……!?」

だが、後ろを見ても、周りを見ても、そこには誰も、何もいなかった。

「……な、なんなんだ……?」

兵吾はまた、頭がくらくらするあの感覚に捉《とら》われていた。

彼は動揺していたが、その理由は声が聞こえたような気がしたから、だけではなかった。なんだかその声が、日本語でも、否《いな》、そもそも人の言葉ですらなかったような感じがしたからだ。にも関わらず、彼はそれが〝敵〟という意味だとはっきり理解できたのである。

なかば意地《いじ》になって、登校したその足で兵吾は三組に行ってみたが、昨日の女子は来ていないようだった。彼はさして待ちもせず、自分のクラスである五組に向かった。

廊下《ろうか》では、すれ違う昔馴染《むかしなじ》みの友人たちから「よう工藤、おはよう」と声をかけられて、彼もそれに陽気に答えたりしているが、その和《なご》やかさは彼が自分のクラスに入った途端に消える。

「…………」

クラスにいた者たちが一瞬だけ兵吾の方を見て、そしてすぐに彼から目を逸らす。

わざとらしく、それぞれお喋《しゃべ》りを始めて兵吾のことを無視している。

「…………」

兵吾も、もうそれに対して声を荒らげたりはせずに、黙って席に着く。だがそれでも歩くときに足を踏み鳴らすようにしたり、椅子《いす》を乱暴に引いて、音を立てて腰《こし》を下ろしたりするのはせめてもの行動だ。

特にこれという理由もなく、なんとなく兵吾はこの学年に上がってからクラスの連中から孤立《こりつ》するようになってしまった。それはもしかすると体育の時間、マラソンで一人だけ真面目に走ってしまったときからかも知れなかったし、なにかの拍子で女子相手に大きな声を出してしまったときからだったかも知れないが、今となってははっきりとした原因などわかりはしない。

色々と彼の方でも、気さくにできないかとやってみたのだが、とにかく返事も反応もないのだから、どうしようもないのだった。

とはいえ――

「…………」

時折《ときおり》、彼がため息などつこうものなら、確かにくすくすという忍び笑いが聞こえてきたりして、一日二十四時間の中の、ホームルームや授業の合間の、ほんの数十分に過ぎなくとも、その時間は兵吾にとっては非常にキツイものであった。

(くそ、まるで拷問《ごうもん》だな……)

つい、そんなことも思ってしまう。

それでも我慢《がまん》していると教師がやってきて、彼はほっとした。だがこれは普通の学生だったら逆だよな、とかそういうことも考えてはしまうのだが。

別に勉強が好きというわけでもないのだが、そういうわけで最近の彼は真面目に授業を聞くしかないので、成績自体は良くなってきているという皮肉《ひにく》があった。

しかし今日は、あの景瀬とかいう女子のことが(本当はそれ以上に聡美のことが)気になっているので、ややぼんやりとしていた。

すると、やはり遠くの方から声が聞こえてくるような気がする。


〝……敵〟


確かにそう言っているような気がするのだ。

（俺、ノイローゼなんかな……）

兵吾は、次の休み時間までやや長い時を過ごした。


休み時間になるとすぐ、兵吾はまた三組の方に足を向けた。

「ああ、景瀬さんて人いるかな？」

近くにいた生徒に訊いてみた。

「ううん、今日はお休みよ」

その女子は気軽な口調で返事した。どうして違うクラスの奴だと平和なのに、自分のだとうまく行《い》かないのかなと思いつつも兵吾はさらに訊く。

「なんで？　病気にでも？」

「よく知らないけど、たぶんそんなところじゃないの。先生ももう知ってたみたいだから」

「そうか、ありがと」

「ねえ、あんたもしかして、工藤くん？」

その女子は興味津々《きょうみしんしん》、という顔で急に訊いてきた。

「ああ、そうだけど」

「この前の球技大会で、ピッチャーやってたでしょ？　勝ったところ見たわよ」

ピッチャーというと、みんなから期待を受けて抜擢《ばってき》されて、という感じではあるが、この場合は違う。責任の重い立場なので誰もやりたがらず、兵吾に押しつけられた形になったのだ。実際、プレーの時には彼は捕手《ほしゅ》とすらまともに口を利《き》かなかったし、ひたすら相手を三振に討《う》ち取り続けて、自分でホームランを打って、味方の援護《えんご》はまったくなかった。やる気がないところでひとりムキになった形で、ますます周りからは浮いてしまった。熱血青春ドラマなら、ここで彼の奮闘《ふんとう》にみんなが感動して友情が芽生《めば》えたりしてくれるのだろうが、さすがにそううまくはいかなかった。ちょっと期待してしまったのだが。

「ああ、どーも」

「なんで野球部に入らないの？」

きらきら光る目で見つめられるが、正直この質問は彼にとってはとても困る内容であった。

「……まあ、なんつーか……メンドクセーから、かな」

「もったいないわよぉ！　全国大会も夢じゃないってみんな言ってたのに」

「悪ィ。でもまあ、野球は一人ではできないしな」

なんとかごまかして、彼はその場から離れた。

結局、翌日に行っても景瀬観叉子は休みで、その翌日にも登校しなかった。

さすがに、だんだん気になってきた。

あれ以来、なんか気まずくて聡美とも顔を合わせていないし、このままだと非常に落ち着かない。ただでさえ居心地《いごこち》の悪い学校がさらにうっとうしいものになるのは御免である。

彼は生徒名簿を調べて、景瀬観叉子の家に行くことにした。お見舞い、という名目《めいもく》もあるので、それほど変でもなかろうと思いながら。


だが、下校しようとしたところで兵吾はトラブルに捕まった。

自転車置き場に行って、鍵を外していたところで、

「おい」

と声をかけられたので、そっちを向こうとしたら、いきなり自転車を横から蹴られた。

がしゃん、という音を立てて自転車は横倒しになった。

「…………」

しかし起こそうとはせずに、兵吾は声をかけてきた奴の方を見た。

「おまえが工藤兵吾とかいう奴だな？」

そいつは背が高く、筋肉はかなり付いているがひょろっとした印象がある。

「なんすか、先輩」

彼はそいつを知っていた。学校では有名人だ。

「俺はバスケ部の根津《ねづ》だ。おまえに話がある」

全国大会でベスト８《エイト》にまでチームを導いたキャプテンは、凄《すご》みをきかせながら兵吾の胸元を摑んできた。

「……話をしようって態度にゃ見えませんが」

兵吾はひるまずに、しかしあえて振りほどきもせずに、ただ言った。

「おまえのことは前から野球部の田辺《たなべ》たちから聞いてはいた。だがこんなに根性の曲がった奴だったとはな」

根津は兵吾を憎しみのこもった目で睨《にら》みつけてきた。

「何を聞いているか知りませんが……まあ、先輩は連中よりは、一人で来た分マシですかね」

兵吾はひょうひょうとした口調で言った。

「ふざけるな！　工藤きさま、景瀬に何をしたんだ⁉」

「……は？」

予想外の名前が出てきたので、兵吾は面食《めんく》らった。

「景瀬って、景瀬観叉子のことか？」

フルネームを呼び捨てにしたのが気に食わなかったらしい。根津はさらに力を込めて兵吾を締《し》め上げてきた。

「あいつはもう三日も学校を休んでいる！　おまえのせいなんだろうが！」

「……あの、先輩は、景瀬となんかあるんすか」

「あいつは——うちのマネージャーだ！」

顔を赤くしながら、なんだか妙な大声で言ったので、ははあ、と兵吾は納得した。なるほど。

「先輩は景瀬が休んでいる理由を知っているんですか」

「とぼけるな！」

根津はまた力を込めてきた。

「おまえが放課後に景瀬を呼びだしているところを見たヤツがいるんだよ。それで、それ以来あいつは休んでいるし、そしておまえはその間にあいつのことをなんだか嗅《か》ぎ回っているらしいじゃないか！　それに——」

と、根津は片手を離して、そしてその手を兵吾の胸ポケットに伸ばした。

取り出された一枚のメモは、それにはもちろんさっき調べた景瀬観叉子の住所が書いてある。

「——おまえ、今度はあいつの家にまで押し掛ける気だな！」

困ったな、と兵吾は困惑した。どういう風に説明すればいいのかわからない。

どうもこの根津は、悪気《わるぎ》があってやってる訳ではないようだ。本当に景瀬観叉子が心配なのだ。

（……しかし、俺が景瀬を呼び出した訳じゃないぞ）

決定的な誤解がある。これをどうやって解けばよいのか、この手のことに兵吾は馴れていない。

「いいか、あいつにもう手を出すなよ！」

「んなこと言われてもなあ……謝らないと、槇村がうるせーし」

ぼそぼそと言ったのが、文句だと勘違いしたらしい。根津は兵吾に殴りかかってきた。

兵吾はパンチをひょい、とかるくよけて、同時に根津に足払いを掛けていた。喧嘩は素人《しろうと》の根津は、たちまちバランスを崩《くず》してスッ転んだ。

だが、その顔面がコンクリートの地面に激突する寸前で、兵吾は彼の腕を摑んで転倒《てんとう》を停めてやっていた。

「…………！」

根津は茫然としている。

「なあ先輩、ものは相談なんだけどさ。これからあんたも一緒に景瀬の家に行ってくれないかな。正直、俺場所わかんねーし、それに一人で会うのは気が重かったんだ」

兵吾はウインクしながら言った。

3.

「……工藤、槇村ってのは誰だ？」

夕暮れの道を一緒に進みながら、根津は自転車を押しつつ歩いている兵吾に訊いてきた。

「あ？」

「さっき言ってたろう。そいつは誰だよ」

「……まあ、知り合いだよ、昔からの」

「なんで、景瀬に謝らないと、そいつが怒るんだ？」

「……俺もよくわかんねー」

つい、ため息交じりに呟いてしまう。

すると根津が、じろじろと兵吾の顔を眺《なが》めた。

「……槇村ってのは、女か？」

「そうだ」

「……すると、まさか……」

根津はやっと納得した、という顔になっていく。

「……その、景瀬の方が、おまえのことを……？」

なかなか飲み込みがいい。さすがにキャプテンをやっているだけあって、頭の働きは鈍《にぶ》くない。

「――そういうことになってるが、でも本当にそうなのかどうか」

と野球部と彼の確執《かくしつ》について説明しかけて、しかしやめた。もし本当に景瀬がそういう兵吾をハメる目的であの手紙を出したのだとして、それを、この根津に言うのはなんだかうまくない。

「……そうだったのか。いや――早とちりをしちまってたみたいだな」

「わかってもらえればいいよ」

恐縮《きょうしゅく》されると、なんだか後ろめたかった。話を変えようと、とにかく話しかけた。

「あ、あのさ根津さん、景瀬ってどういう娘《こ》なんだ」

「……いや、なんていうか」

彼は首を振った。

「そう訊かれると、どう言っていいのか――」

真剣に悩みだしたので、兵吾は内心で舌打ちした。別にそんなに知りたいわけでもないのだ。どうせ謝るだけなんだし。

「おとなしいタイプなのか」

ラブレターを下駄箱に入れて、会うと泣き出す、というのはそういうことなのか。

「いや――確かに口数は少ないが、でもおとなしいとかいうのとは違っていて、なんだろうな、あれは――」

「はっきりしないタイプなのか。ぐずぐずとしていて」

「あいつは、そんなことはない！」

急に根津は大声を出した。その剣幕《けんまく》に兵吾が目を丸くすると、はっと我に返って、

「――い、いや、だから……」

「……まあ、いいよ別に」

二人の少年は黙り込んで、とぼとぼという感じで道を行く。

やがて、ぽつぽつと根津が話し出した。

「あれは、県大会の決勝の時だったんだ。俺たちは十点ビハインドで、残りは三分切ってた。みんなあきらめかけてた。俺はねばってたけど、でも流れが向こうにあるのもわかってて、でもそんなときに、タイムアウトのときに監督の横に立っていたあいつがぼそっと言ったんだ。それで、それ聞いてなんだか俺、肩が軽くなって。スリーポイントを二回決められて、流れがこっちに来て」

「景瀬はなんて言ったんだ？」

「〝敵に負けてもいいなんて、気楽なものね〟って」

根津がそう言った途端、兵吾はぎょっとなった。


〝敵〟


また、耳元でその言葉が聞こえたような気がした。

「……敵、か」

「そうなんだよ、ちょっと聞くと、怖いような感じだろう。実際そのとき聞いたら、なんだかすごく……すごく遠いところから言われた気がしたんだよ。それで、逆に俺はなんか楽になって」

「まるで……」

と言いかけて、しかし兵吾は口をつぐむ。

「ん？　なんだって」

「いや、なんでもない……」

彼はこう言いかけたのだ。それではまるで——まるで自分はいつも〝敵〟と、決して負けられない戦いをしているみたいだ、と。

記憶にかすかに残る、あの少女が返り血でどろどろになって荒野に立ちすくむ姿が連想された。その足元には敵の死体が累々《るいるい》と山積みになっているのだ――。

（……んなはずあるか。俺たちとおなじ、ただの学生だろう）

かすかに頭を振って、この頭に浮かんだ変な考えを振り払う。

あの娘は、涙を流した。

あれはどういう涙だったのだろう？

なんだか、話を聞く限りにおいてはとても男にちょっと誤解されていただけで泣くタマとも思えない。だが、これは聡美が言うように〝あんたには女の子の気持ちなんかわからない〟から、なんとも言えないが。

そうしているうちに、彼らは景瀬観叉子の家の前まで来た。

「根津さんはここに何度も来てんの？」

「……いや、一回遅くなったときに送ってったことがあるだけで……中には入ったことない」

とりあえず、チャイムを鳴らしてみた。

反応がない。

「…………」

兵吾と根津は顔を見合わせる。

「……もしかすると、一家で親戚《しんせき》ん家《ち》かどこかに出かけているとか」

「……学校には連絡済みみたいだしな」

それでももう一度鳴らしてみた。

やはり、なんの物音もしない。

「……帰ろうか」

「そ、そうだな……」

二人が門から背を向けかけた、そのときであった。

唐突《とうとつ》に、がちゃり、と玄関の扉が開いた。

二人がびっくりして振り向くと、そこには景瀬観叉子が「…………」と無言で立っていて、こっちを見つめていた。

「よ、よお景瀬」

根津が声をかけた。

しかし景瀬は返事をしないで、それどころか根津の方を見もしないで、兵吾に睨むような厳しい目を向けてくるだけだ。

「あ、あのさ——」

兵吾は何と言っていいかわからなかったが、とにかく話しかけようとした。

景瀬は無言のまま、首をくい、としゃくってみせた。どうやら家に入れ、ということらしい。

仕方なく、根津と兵吾はそろって、少女の家に入っていった。

二人が玄関をくぐった、そのときであった。

ばん、と景瀬は後ろ手で玄関を閉めると、そのまま止まらずに手に隠し持っていたハンカチを根津の口元に押し当てた。

根津はその場に、ずるずると崩れ落ちた。

「——な⁉」

映画で見た、クロロフォルムを嗅がされた人間が気絶《きぜつ》するところにそっくりだったので兵吾は焦《あせ》ったが、彼には驚いている余裕はなかった。

景瀬は、すぐさまハンカチを靴箱の上に置かれていた出刃《でば》包丁に持ち替えると、その刃《は》先《さき》を兵吾に向けてきたからだ。

「——騒がないで。騒ぐと面倒なことになるわよ」

景瀬は静かな声で言った。

「な、なんだおまえ……？」

「根津先輩なら、意識を失っているだけよ。自分に何が起きたかもわかっていないわ。もっとも……」

ここで景瀬は、ふっ、とかすかに笑った。

「……それを言うなら、この世界の者はみんなそうだけどね」

言いながらも、出刃包丁は逸れることも揺れることもなく兵吾の喉元《のどもと》にぴたりと狙いをつけている。

「…………」

「とりあえず、中に入りましょう。話はそれからだわ」

「……お、おまえ家族はどうした？」

「両親は、二人とも出張中。殺したりはしてないから、余計な心配は無用よ」

その声はとても落ち着いている。とても錯乱《さくらん》の果ての行動とは思えない。

刃物を向けられたまま、兵吾と景瀬はごく普通のダイニングルームのテーブルに向かい合って座った。

「さて……何から話したらいいかしらね？」

「……おまえ、俺を恨んでいるのか？　だったら謝るよ。もともとそのつもりで来たんだ」

兵吾が言うと、景瀬はくすくすと笑い出した。心底おかしそうに、笑っている。

「……な、何がおかしいんだ？　やっぱりおまえは俺をハメるために手紙を出したのか？」

「それは半分は正しくて、後《あと》は完全に間違ってるわね」

「……？」

「はっきり言って、あなたが気にしているようなすべては、私にはどうでもいいのよ。あなたが槇村聡美にからんできた野球部のエースピッチャーと喧嘩になって、以来険悪《けんあく》な関係にあるとか、その辺のことはどうでもいいのよ」

はきはきとした口調で言われて、兵吾は、む、と口ごもった。

「……じゃあ、何が目的だ？」

「それを説明する前に、まず断っておかなきゃならないことがあるわ」

ひたひた、と迫るような瞳で見つめてきた。兵吾は気圧《けお》される。

「……な、なんだよ」

何を言われても驚かないようにしようと、彼は覚悟を決めた。ところが景瀬はその、ま、まなことを言った。

「私は狂っている。おそらく、この世界から見ればそういうことにしかならない」

断言した。兵吾は絶句した。それにかまわず景瀬は淡々《たんたん》とした口調で言った。

「私は、今あなたの援護に向かっている。だがギリギリで間に合いそうにない。あなたは、自力で機体を立て直して、反撃か回避をしなくてはならない」

何を言っているのか、さっぱりわからない。

「……お、おまえが？　俺の援護？　なんだそれは？」

今、彼はこの景瀬に凶器《きょうき》を突きつけられているだけだ。援護どころか、攻撃を受けているといった方がいいくらいではないか。

「正確には私ではなく〝景瀬観叉子の生活〟を精神安定装置《スタビライザー》として使っている〝リーパクレキス〟が、あなたのもとに向かっている……だが距離が七十六億キロメートルもあり、しかも敵が間に立ちはだかっている。どう急いでも外装域《がいそういき》時間にして五ナノセカンド以上かかる。それでは間に合わない」

理路《りろ》整然《せいぜん》と喋られても、単語も文章もまったく理解不能のものばかりだ。

だが……だがそれなのに。

（それなのに、どうして――）

どうしてか、兵吾はこの景瀬に対して〝こいつは駄目だ、モノホンにイカレてる――〟という気になれないのか。

「おまえ――俺と最初に会ったとき、泣いたよな。なんで泣いた？」

「あれは私の本体の方が、敵に至近弾《しきんだん》を受けて、視覚に相当する感覚にショックを加えられたせいよ。あなたに接触《せっしょく》しようとしていたので、本体と私が疑似《ぎじ》接続されていたのでね」

少女は冷ややかに言った。意味などわからないが、少なくともあの涙など感傷《かんしょう》的《てき》でもなんでもない、そういう態度だ。

「……敵、と言ったな」

兵吾は上目遣いに景瀬を見つめ返した。

「……そいつは一体なんだ？」

すると、景瀬はいきなり出刃包丁を放り出して、テーブルの上に置いた。

危険が去り、後は景瀬を兵吾が押さえつければ良い、という状況になった。失恋のショックで錯乱した少女は取り押さえられ、犠牲者《ぎせいしゃ》は出ないですんだ——その絶好のチャンスだったが、兵吾は動かなかった。

景瀬はニヤリと笑う。

代わりに、床に落ちていた木の鞘《さや》を取り上げて、自分で包丁をしまって封をした。

「敵がなんなのか——そのことを、あなたはもうすぐに思い出す。この世界と、外の世界と、その関係を教えてもらう必要はない。というよりも——」

ここで景瀬は笑いを消した。

「あまりにも非常識すぎて、納得してもらうことなど不可能。覚悟を決める余裕ぐらいは与えたいけど、何年も修行させるわけにもいかない。そこまでの余裕はない。確かに、この世界では外装域時間はほとんど流れないけれど、それでも、外の〝マバロハーレイ〟に残された余裕は、ぎりぎりなほどに一瞬しかない」

「一瞬……？」

「本来なら、あなたも私も同じ——実際に戦っている〝コア〟の中にいるもうひとつの人格のようなもの——絶対真空《ぜったいしんくう》の、超絶虚空《ちょうぜつこくう》に人の精神が押し潰されないために用意されている〝発狂しないための妄想《もうそう》〟——それが私たちと、この世界。でもあなたは、あなたの元になっているコアは敵の一撃を受け、精神崩壊を起こして壊れてしまった。だから本来なら奥に引っ込んで、ただコアが孤独に押し潰《つぶ》されないために、地に足が着いた生活をしていれば良かった〝予備〟のあなたが、新たなコアとなって…………を操《あやつ》らなくてはならない」

　こっちに理解できなくとも、景瀬は一方的に〝説明〟を続ける。

「ち、ちょっと待て！　なんて言った？　何を〝操る〟って—」

「それに付けられている本当の名前は特殊すぎて、この世界の言葉では説明できない。だからその機能から便宜上——」

　兵吾は、ふいにめまいを感じた。この感覚は前にも感じたことがあった。そうだ、あれはこの女と初めて会って、そして聡美にひっぱたかれた、あのときの……

（あのときに……〝コア〟に一撃が？）

　前後関係などまったく理解できないのに、兵吾はそれを悟った。頰に、ふたたび聡美にひっぱたかれた感覚がした。そして目の前に火花が散ったような気がして、同時に景瀬がその名前を言うのがかすかに耳に届いてきて……

「その名を〝夜を視るもの《ナイトウォッチ》〟と呼ぶ——」

　そして停められていた時間が流れ出し、工藤兵吾は、真空のただ中に放り出されていた。

4.

〝……敵〟


……あれは、確か兵吾がまだ小学生だった頃のことだ。

どうしてそういう話になったのかは覚えていないが、聡美と一緒に〝人間は死んだらどうなるか〟という会話をしたことがある。

「あの世に行くっていうけど、あの世って何なのかしら？」

「天国とか地獄とか。雲の上にふわふわ浮いてるよな、なんか」

「でも雲の上って、空ってことでしょう。空の上には宇宙があるのよ」

「セイソーケンとかいうところじゃないのか」

「そんなら飛行機で飛んでたら天国に飛び込んじゃうの？　そんな話は聞いたことないわ」

「じゃあ宇宙にあるんだろ」

「宇宙のどこよ？」

「とにかく宇宙だよ。宇宙は広いんだ。そのなかには天国も地獄もあるんだろう」

「広いってどのくらい？」

「とにかくムチャクチャ広いらしいぜ」

「アタマのわるい言い方ねえ」

「ほっとけ。たしか光の速さで飛んでいっても、端っこにゼッタイ着けないって聞いたことがある」

「なんでよ？」

「フーセンみたいに膨《ふく》れているらしいんだよ宇宙って」

「どこまで行っても、果てがないの？」

「よく知らないけど、そうなんだろ」

「じゃあ困るじゃない。あの世に行っても、そんな風に広がってて、それでメチャクチャ広かったら——そこに行った人は、みんなバラバラになっちゃうんじゃないの？」

「——ああ、そうか。そうだなあ」

「どうすんのよ？　嫌よあたし、そんな広い広いところでひとりぼっちになるなんて。だって宇宙って何もないんでしょう？」

「星とか——ああ、でも星の間って、なんだかすっげえスカスカ空いてそうだな……」

「……嫌だ、そんなの。そんなからっぽの中に行かなきゃならないなんて——そんならあの世なんかない方がいいわ」

聡美はぶるるっ、と身体《からだ》を震わせて自分の身体を抱え込んだ。

〝敵だ……〟

兵吾は、どうしてかあのときの聡美との会話を思い出していた。聡美、おまえの言った通りだ、と心の中でうなずいて、納得している自分を見つけていた。

思考が停止して、それ以上のことが考えられないのだった。

からっぽの中。

まったくその通りだ。それ以外に言いようがない。これならあの世の方がまだマシだ。

〝敵だん……〟

声が響いてくる。うるさいな、わかってるよ、とぼんやりとする頭で反論する。もう少しなんだ。まだ完全に接続できているわけじゃないんだよ、それに……くそ、広いなんてもんじゃない。からっぽがどこまでもどこまでも続く——ここは、第三千七百六十五恒星《こうせい》間空域《かんくういき》だ。その数字が、故郷から飛び立って、何千回もの失望との出逢いを表している。どこまで行っても人は遂に第二第三の故郷を見つけることはできていないし、そしてどこまで行っても、逃れることもできない。

何から逃れるのか？

そんなものは決まっている。

人が本格的にそこに昇《のぼ》ったときには、それはもうそこで待ちかまえていた。


〝敵弾はん……〟


工藤兵吾の精神を安定装置として使っていたそれは、機体全体を揺《ゆ》さぶる猛烈《もうれつ》なスピンの中で実に三十億分の一秒《ナノセカンド》もの時間を掛けて、やっと予備のコントロールシステムの起動に成功した。

そして兵吾は、その意識だけは今の今まで景瀬観叉子の家にいたままの彼は、突然に目の前に広がった半径七千七百七十七億七千七百七十七万七千七百七十七キロメートルの空間を視《み》ていた。

そこはからっぽだった。

宇宙空間で最もありふれた世界——底無しの虚空がただただ茫洋《ぼうよう》として、広がっている。

だがその圧倒的な虚無《きょむ》のはずの世界の、すぐ側——わずか数キロメートルという近くに迫ってきているのは——

『――敵弾反応！』

精神に直接響いてきたナビゲーションの声に、兵吾はとっさに動いていた。

いや、今の彼はもはや工藤兵吾ではなかった。その感覚はナイトウォッチ七号機こと、恒星間空域用超光速機動戦闘機〝マバロハーレイ〟の全長二百六十メートルの巨体と同調していて、それが跳ねるように動いた。いったん停止しかけていた超光速機動が回復したのだ。

（――な）

そのわずか数メートルという距離を、惑星ひとつ程度ならかすめただけで木っ端微塵《こっぱみじん》にするほどの破壊渦動《はかいかどう》エネルギーが通過していった。

（なんなんだこりゃ……!?）

兵吾は、すでにコアとして覚醒《かくせい》し、答えがわかっていながら、やっぱりそう思わずにはいられなかった。

『警告――敵が攻撃態勢。本機は照準《しょうじゅん》されています。警告――』

ナビゲーションが、さらなる危機を知らせてきた。

超光速戦闘機であるナイトウォッチの基本感覚装置《そうち》にはＶＬ型シンパサイザーが使用されている。

＊

当然の事ながら、光の反射による視覚や、電波の反射によるレーダー、空間音《くうかんおん》の反響による三次元ソナーなどは一切役には立たない——機体は光や電磁波などよりも速く飛んでいるのだから、感覚器にそれよりも遅い伝達速度しかないのではお話にならない。

超光速機動そのものは〈時空切断航法《じくうせつだんこうほう》〉と呼ばれる、ナイトウォッチ十機の母艦たるカプセル船と同じやり方である。相剋渦動励振原理《そうこくかどうれいしんげんり》に基づいたこれは、船体と外部空間の時間の流れに差を付けて、ニュートン物理空間では本来越えられないはずの光速の壁を相対的に突破している。船体そのものは平均で光速の七十パーセント程度の速度で飛んでいるのだが、時間が七千倍以上も加速されているので、外部からだと超光速を達成しているようにみえるのだ。船体内部での時間加速は何段階にも区切られていて、外装部と呼ばれるもっとも外側の部分ほど加速が大きく、内部に入るにつれて小さくなっている。これがカプセル船であれば、さらに搭載されている移民たちは冷凍受精卵もしくは完全冬眠状態での保管であるから、夢を見ているだけで、時間が停まっているに等しい。

ただしナイトウォッチのコア——航空機の時代にはパイロットと呼ばれていた——操縦士の時間の流れは、戦闘に対応するためにタイトなものになっている。

そう、戦闘する必要があるのだ。

何故《なぜ》なら敵が襲ってくるからだ。

敵には明確な名前がない。

それが何なのか、何千年も戦い続けてきていながら未だにわかっていないからだ。色々なところで様々な名で呼ばれたそれ——狂戦士であるとか、破滅《はめつ》の使者であるとか、BEM《べム》であるとか、絶対敵性意志であるとか、統一されたものは存在していないが、このカプセル船ではそれはこう呼ばれている。

虚無に潜んで襲ってくることから〝虚空牙《こくうが》〟と。

(——〝虚空牙〟か!)

ナイトウォッチ〝マバロハーレイ〟のコクピットの中から、工藤兵吾の意識はその敵のシルエットを認識していた。

VL型シンパサイザーは、広大な空間のイメージをそのままこっちの頭の中に投影している——だからそこに色はない。色というのは光の位相《いそう》反射に過ぎない。超光速の戦闘下にそんな彩《いろど》りなどない。だがそれでも、イメージの中でこの敵は明らかな〝輝き〟を放っていた。

そしてそのシルエットは、見紛《みまご》うことなく歴然と〝人型〟をしていた。ただし大きい。大きすぎる。百メートルはある。それがこっちに、腕の部分と一体化した槍《やり》のようなものを繰り出して襲いかかってくる。

対してナイトウォッチの姿は、これはもう〝怪物〟としか言いようがない。

枯れた老樹《ろうじゅ》の幹《みき》のように節《ふし》くれ立って入り組んで、複雑にねじ曲がり、歪《いびつ》にバランスを崩している胴体に、八基の腕だか脚だか定かでない長く太い触手《しょくしゅ》が生えている——それらはすべて敵を切り裂く剣であり、三十七種の攻撃を放つ砲台であり、小惑星程度なら殴るだけでこなごなに打ち砕くこともできる武装腕《アームドアーム》である。わきわきとそれらが動いて敵を求める様はおぞましい印象すらある。

全体の印象は、なんというか——〈骨格標本のつぎはぎ《コラージュ》〉という感じだった。各部がスカスカで、鳥やら恐竜やら人やら虎やら蛇やら翼竜やら——サイズも生きていた時代もバラバラな生物の骨を寄せ集めて組み上げた超巨大な〝骨細工《ほねざいく》〟——

敵とこっちと、どっちが悪者に見えるのか、兵吾はあまり考えたくなかった。

考えないで、おそらくは刷り込まれているのであろう反射動作で敵を迎撃《げいげき》する。

アームドアームを動かして、敵の槍から放たれた弾状のエネルギー波動を三発、同時に弾き返した。

衝撃が機体全体に走ったが、兵吾の意識はまったく怯《ひる》むことなく、残る五本のアームド

アームをすべて別の方向に向けて、そして亜空間《あくうかん》ブラスターを一度にぶっ放した。

(──俺は)

敵は二発まではかわした。だが三発目がその脇をかすめて、体勢を崩した。

(俺は──こんなところで──)

マバロハーレイは、敵に向かってもう三発の攻撃を放った。それは次々と敵を撃ち抜き、そして撃墜《げきつい》した。彼の頭の中の、別の記憶部位が敵への直撃及び撃墜は極めて稀《まれ》な大戦果《だいせんか》であることを告げている。いつもなら追い払うだけで精一杯《せいいっぱい》なのだから。だが〝いつも〟というのは一体、いつからいつまでのことだったのだろう?

(こんなところで──いったい)

超光速を維持できなくなってたちまち彼方《かなた》に四散し去っていく敵の破片《はへん》の向こうから、味方であるもう一機の〝骨細工〟が──ナイトウォッチが接近してきた。

あれは、工藤兵吾という予備コントロール回路《かいろ》を必死で起動させようとしていた〝リーパクレキス〟だ。そしてあれには、さっきまで彼と一緒に、夕暮れの街にいて、平凡な家庭のテーブルについていた景瀬観叉子が乗っているはずだった。彼と同じように、ナイトウォッチのコアとして。

〝──お見事!〟

シンパサイザーを通して、その当のコアが彼に賛辞《さんじ》を送ってきた。たしかに景瀬と同じ気配《けはい》だった。

(いったい――俺はこんなところでいったい……なにをしているんだ？　なにを⁉)

兵吾の意識は絶叫《ぜっきょう》を上げていた。

だが心の中で叫びながらも、マバロハーレイそのものは僚機《りょうき》リーパクレキスなど目もくれずにすぐさま転進し、次なる敵めがけて襲いかかっていく。

彼の心の中の〝焦り〟がそのままがむしゃらな攻撃衝動となって、超光速のマバロハーレイを駆《か》っていた。

戦場には彼と、リーパクレキスの他に三機のナイトウォッチと二体の敵がいた。その二体が同時に、仲間を撃墜したマバロハーレイの方に向き直った。

彼我《ひが》の距離はおよそ二百億から三百億キロメートルで相対速度は光速の七百倍――攻撃するには安定度が悪すぎる位置だったが、マバロハーレイはかまわずに六発のヌル爆雷《ばくらい》を発射した。

空間が爆雷によって破壊されて、一瞬その辺りの宇宙が消し飛ぶ。空間の穴はすぐに縁《ふち》を摘《つま》んで引っ張るようにして回復するが、その際に周辺のものを巻き込んで渦《うず》を巻く。もしもこれをどこかの太陽系の中でやったら、その恒星とすべての惑星を巻き込んで何もかもが木っ端微塵だ。

だが虚空牙の二体はほとんど無傷だ。直撃でない限りダメージすら与えられない。それでも空間湾曲《わんきょく》に引きずられて、バランスを崩した。

マバロハーレイはまだ安定しきっていない空間に、自分から突撃していった。

(——しかし)

兵吾は、焦り、混乱し、悲鳴を上げながらも、同時にひどく醒《さ》めていた。

『警告、警告。進行方向の空間座標軸の設定ができません。進路を変更するか、停止してください。警告、警告——』

ナビゲーションの声が聞こえる。その意味が〝危険なのでやめろ〟であることも理解しているのだが、それもやはり、どこかひどく遠い感覚である。

なんだかゲームをやっているような気しかしないのだ。虚空牙から雨霰《あめあられ》と波動撃が飛んできても、アレに当たれば消滅、ということがわかっていながら、同時にどうでもいい感じしかしない。

マバロハーレイの武装の数々が、そのどれもが彼がさっきまでいた世界での最終兵器、原水爆の何千億倍だか何千兆倍だかの威力があることも刷り込まれているデータではわかっているが、実感がない。

実感のないまま、兵吾は自ら荒らした空間の乱れに、さらにセグエ粒《りゅうし》子弾《だん》を連射する。

セグエ粒子は乱れに沿って、渦を巻いて四方八方に飛び散っていく。

そして、それが渦に巻き込まれていた虚空牙をかすめる。虚空牙の亜空間装甲に阻《はば》まれて貫通はしないが、それでも動きが一瞬だけ、制御を失うのが兵吾にははっきりわかった。

そして、彼の後尾についていたリーパクレキスもそれを見逃したりはしない。

景瀬観叉子の精神を安定装置とするナイトウォッチの狙いすました亜空間ブラスターが、正確に敵の中心部を貫いて、爆散させる。

破片が、そっちへと突撃していたマバロハーレイに襲いかかってきた。兵吾は機体を、ねじれた空間に引っ張られるのに逆らいつつロールさせて、破片を反撥《はんぱつ》装甲の表面で弾き返した。

そして、すぐに体勢を立て直して、通常機動に移る。もう襲ってくるものはいない。

とりあえず、終わった——。

『——敵は消滅しました。撃破率は百パーセントです。状況は終了しました。カプセルボート九〇八に対する第二千七百八十三襲撃は阻止されました。交戦時間は外装域で〇・〇〇〇二四五秒でした。本機に深刻なダメージはありません』

ナビゲーションの声は、戦闘中の**『警告、警告』**とまったく変わらぬトーンで聞こえてきた。

深刻なダメージはない、だって？

兵吾は笑い出しそうになった。

彼の前に、このナイトウォッチをコントロールしていた〝意識〟は戦闘の衝撃で消し飛んでいる——死んでいるのだ。しかしそんなものは予備回路による再起動に成功した以上、もはや何の問題もないらしい。

「——は、はは」

急に聞こえてきた声に、兵吾は自分で驚いた。

(——⁉)

だが、それは要するに、自分の声なのだった。視覚や感覚のほとんどはナイトウォッチのセンサーとシンクロしているので、自分がどうなっているのかよくわからないが、聴覚は、これはどうやら比較的自分のものが残っているようだ。必要ないのだろう。宇宙に音はないからだ。

声が聞こえたことで、やっと兵吾は今、ナイトウォッチでない自分自身がこのコントロールユニットの中でどのような状態になっているのか知りたくなった。

……だが、やはりよくわからない。どうやら身体は手だけでなく肘《ひじ》や膝《ひざ》、股関節《こかんせつ》、腰から背中の全身に、それこそ足の指ひとつひとつにいたるまで何らかのレバーやらスイッチに触れたりしているようだ。

(……ちょっと待て。聴覚じゃないとしたら、あのナビゲーションの声はどこから聞こえてくるんだ?)

そう思ったときにはもう、そのことを思い出していた。ナビゲーションは、彼の体内に仕込まれた機械から直接〝ことば〟として認識されて届いているのだ。その機械は全身の血管に浮かんでいる何千何万という微細な生体回路なのだ。

身体の外の機械と、体内の機械と。

それらの方が自分自身よりも深く確かなものとして感じられるのが彼が今いる場所なのだった。

ナイトウォッチは自動的に進路を変えて、母艦であるカプセル船に向かっている。

「……はは、ははは……はあ」

かすれたような笑い声が遠くから聞こえる。自分の笑い声だ。

カプセル船は小惑星並みに大きい。そしてその中には巨大な超光速駆動機関と恒星間航行対応管制装置が詰まっている。

そしてもちろん、何十億人という人間が冷凍されて、あるいは受精卵のままで保存されて搭載されているのだ。

ひとつの世界がそこにある。

だが……だがその世界は、その周囲の宇宙空間に比べて何とちっぽけなのだろうか?

ちょん、と点がひとつ打たれているだけだ。あとは……無。

なにもない。

まったく何もないのだ。

宇宙には何にもないのだ。

星？

明かりを灯したり、大地となったり、その上で生き物が温かく暮らしていける、そんなような場所——？

そんなものの存在など、この絶対虚空のただ中では可能性を信じることすら難しい。

確かにあるのだろう。超光速を解除して外を視覚で確認すれば星々の光は見えるのだろう。だがそれは、何千年何万年も前の、昔の輝きであり、その光っている方向に進んでも、それは幻影を追うに等しいのだ。

だからカプセル船の航行管制装置《アストロコンパス》は予測で進路を決定しているが、その予測が果たして正しいのかどうか確認することは誰にも——何者にもできない。かつての旧世紀世界で無責任に考えられた空間を飛び越えて別の場所に出るというワープシステムは、結局どこに出るかを計算しきれないことが判明した。宇宙に出たければ、人間は絶対基準たる光速度を無理矢理ぶち抜いてでも一歩一歩、だらだら手探りで進まなくてはならない。宇宙には確実なものなど何もないのだから。

……確かなものがひとつだけあるとすれば、そんなところであっても〝敵〟だけは襲ってくるということである。

「は、はあ、はあ、はあっ……」

息がだんだん荒くなっていくのがわかった。

戦闘の昂揚《こうよう》から醒めてみれば、そこにある虚無の広がりだけが兵吾の前を占《し》めていた。

「はあっ、はあっ、はあっ、はあっ、はあっ、はあっ……」


彼は落ちているのだ。

どこまでも落ちていく。

だがその先には到達すべき地面がないのだ。

永遠の墜落がどこまでもどこまでも続く、それが恒星間空域の、宇宙空間というものが人間に与える認識のすべてだった。

彼は——

5.

「……！」

兵吾はびくっ、と身体を痙攣《けいれん》させた。

その目の前には、テーブルを挟んで景瀬観叉子が座っている。彼女は、

「そしてナイトウォッチというのは……」

……などと喋っている途中であった。

(時間が――経っていない、のか……)

彼の、茫然とした顔を見て景瀬は眉をひそめて、そして「ああ」と納得したようにうなずいた。

「そうか。もう〝行って〟戻ってきたのね？」

「……ああ、あんたもいたよ」

「あれは私の〝本体〟よ。私、景瀬観叉子自身は、向こうのことはおぼろげにわかるだけ」

そして首をかすかに振りながら、目を閉じる。向こうと〝接続〟しているらしい。そしてうなずいて、目を開けた。

「ああ――勝ったのね？　しかも大戦果みたいじゃない。すごいわね。予備といっても前

より上じゃない」

景瀬はにこやかな顔をしているが、兵吾は笑うどころではない。

「……〝向こう〟では今、俺はどうなっているんだ」

「今、というのは正確ではないわ。こっちとあっちでは時間の流れ方が違うのよ。今、というのならば向こうじゃあんたの意識が切れたその瞬間がえんえん続いているのよ。まあ、強いて言うなら、今のあんたの〝本体〟はナイトウォッチの制御装置に操縦を任せて、自分は凍結処理に入っているってところね」

「……凍結、か」

「そう。そして機体はカプセル船にオートで帰還して、収容され、整備を受けて、次の出撃を待つ——そんなところ」

「……訳がわからん」

周りを見回してみる。

そこはごく普通の一般的家庭の、団欒《だんらん》の場所だ。座っている椅子の感触も、目の前の少女の体臭も、窓の外の、沈んでいく太陽の光も、みんな生々しく、そしてどうしたって、さっきまで彼のいた、骨細工に閉じこめられて放り出されていた絶対真空よりも現実的だった。

だが。

だがそれでも――

「……俺はイカレているのか？」

ぽつりと言うと、景瀬がうなずいた。

「だとしたら、私はもっと異常でしょうね」

「……なんで予備のはずのあんたは〝向こう〟のことを知っているんだ？」

「……それは、まあ、色々とね。個人的な事情って奴で、ね」

景瀬はウインクした。説明する気がないらしい。なにか、こういうところが突然〝女の子〟なので兵吾はやや混乱する。

「――この世界の〝人間〟ていうのは……みんな幻なのか？」

彼は景瀬家のソファーに寝かされたままの、気絶している根津の方を見た。

学校の有名人にしてバスケ部のキャプテンは「うーん、むにゃむにゃ……」などと呑気な寝息をたてている。

ちゃんとこの世に存在している生身だ。そうとしか思えない。

景瀬も自分がさっき気絶させた根津を見ながら、言う。

「ほとんどはカプセル船のDM型シンパサイザーに接続されて、夢を見ている冷凍人間たちでしょうけど、中にはプログラムに過ぎない模造人格もいるわ。その辺はいずれあんた自身が出会うことになるでしょうよ」

「ＤＭ型？」

「ナイトウォッチのＶＬ型が現実の宇宙空間を認識するのに対して、ＤＭ型は人間の精神空間同士のみを接続させて、そして同じ夢を見せるためのシンパサイザーということね。何千人、何億人が機械に作られた同じ夢を見ていて、その夢の中で生きている。いつか新たなる大地に辿《たど》り着く、その日まで」

「……わからねえよ」

さっきまでの、ナイトウォッチのコアだった兵吾ならわかっただろうが、今の彼は、その知識も認識力もほぼ以前の彼と同じに戻っていた。

「俺にゃ、なんにもわからねえ……」

ぼやくような言い方に、景瀬は笑った。

「まあ、いずれわかるわ。いずれね。私も説明がうまい方じゃないしね」

「あんたは〝これ〟に納得しているのか？」

兵吾は、まったく適応できていない。

「……まあ、なんていうか、ね」

「夢って言うが──夢にしてはこっちの〝世界〟もずいぶんと、なんていうか──」

彼はクラスから孤立していることなどを思いながら呟いた。すると景瀬はけらけらと笑った。

「夢って言ったって色々あるでしょう？　そう〝悪夢〟だって夢には違いないわ」

ゾッとするような寒々しい言い方に、兵吾は少し息を呑《の》んだ。そこに景瀬観叉子は言葉を被《かぶ》せた。

「でもね工藤兵吾くん。わかるかしら、悪夢の中にいて、良いことなんか何もなくとも、それでも――人類は狙われているのよ」

＊

日が暮れて、すっかり暗くなった道を工藤兵吾は自転車を押しながらとぼとぼと歩いている。

「はあ――」

歩くことのできる地面があるということが、こんなにも安心できることだったとは――兵吾はあの完全真空の、あまりにも拠《よ》り所のない感覚を思い出して、あらためてゾッとした。

〝あの虚空の中で、人が発狂しないための安定装置〟

景瀬が言ったことの意味を、兵吾は実感していた。まさしくその通りだ。あんなところにずっといたら、それだけで人間はどうにかなってしまうだろう……。

彼は頼りない足取りで家路《いえじ》を進む。

きゃりきゃりきゃり、と自転車のホイールが回転する音が妙に耳に残る。

そして周りからも色々な雑音が聞こえてくる。

走る車の音。

赤ん坊の泣き声。

工事現場の地面に穴を開ける音。

苛立《いらだ》たしげなクラクション。

カラオケらしき誰かの歌う声。

そのどれもがいつもお馴染みの、ありふれた音ばかりだ。そして夕食時であることもあり、各家庭からはいい匂いがただよいはじめている。

空気はたいして暑くはないがやや蒸しており、肌はやや汗ばんでいる。

しかし、これらはすべて夢の中のことに過ぎないのだという。

彼は信じられないし、信じなければそれでいいようなものでもある。どうせ〝お呼び〟がかかったところで、それはほんの少しのことだ。

虚無のただ中に叩き落とされようが、それこそ悪い夢と思えばそれですむような話だ。

あんなものはあのときだけのことにして、あとはこれまでのように普通の学生として呑気に生きていればよいのだ。

だが。

だがそれでも——。

彼が、決して顔を上げないで道を歩いていて、あと少しで自宅の団地につくという時だった。

「——あっ」

向こうで声がしたので、見ると槇村聡美がこっちを見つけて、やってくるところであった。

「——あんた、大丈夫だった？」

焦った感じで彼女は迫ってきた。

「……は？」

「あの景瀬さんて、バスケ部のマネージャーで、でもって根津先輩があんたを探してたって聞いて——」

ひどくあわてた調子で、早口でまくし立てる。

兵吾はそんな彼女に、何と言っていいのか一瞬わからなくなる。

「——あー、あれか……」

「喧嘩ふっかけられなかった？　あんたのことだから、やられたらどうせやり返すんでしょう？　今までどこにいたの？」

「あー、それなんだが……なんつったらいーのかなあ……」

「根津先輩には会わなかったの？」

「いや……ついさっきまで一緒だった」

「え？　じ、じゃあ彼は今どこなのよ？」

「……景瀬観叉子の家」

まだ気絶しているか、目を覚ました頃ではないだろうか。

「……は？　そりゃ一体どーゆーこと？」

「……だから、やっぱり俺たちの勘違いだったんだよ、結局」

「……？」

「だからさ――あの手紙は俺を呼び出しはしたけど、あれは本当は根津さんの気を引くためで、で、根津さんはころっとその手に引っかかって、今まで意識してなかった彼女に対する自分の本当の気持ちに気がついて、彼女んトコに向かって――とか。まあそんなような話だったんだよ」

我ながらよくもまあ、こうもデタラメを並べられるなと思った。

だが聞いて、聡美の顔がみるみるぽかーんとしていくのはなかなかの見物だった。

「――じ、じゃあ結局、あんたって……アテ馬？」

「根津さんにゃ殴られそうになるし、まったくとんだ間抜けだったぜ」

彼が「ははは」などと笑ってみせても、聡美はまだぽかーんとしている。

だが、やがてその顔に予想外の表情が浮かび始めた。

彼女のさばけた性格から一緒に笑うものだとばかり思っていたのだが、なんだか聡美はひどく悲しそうな顔になっていくではないか。

「……ひどいわね、まったく」

ぼそりと言う、その声もひどく沈んでいる。

兵吾はあわてた。

「い、いや別にそんな大したことでもねーだろう？　あの二人がうまくいけばそれでいいじゃねえか、な？」

「あたしって、ひどいわね」

ぽつり、と聡美が言ったので兵吾は虚を突かれた。

「な、なんだよ？」

「勝手な思いこみで、深く考えもしないで、あんたのことひっぱたいたりして。……でも、それでもあんたはちゃんと真面目に……それなのに、あたしったら……」

なんだか、声が半泣きになっていくので、兵吾はますますあわてた。

「ば、馬鹿言うなよ！　実際に野球部のアホどもとは関係なかったんだし、な？　おまえはやっぱ正しかったわけでよ」

「……ごめん、兵吾」

聡美はうなだれて、顔を上げない。

その様子を見ていて、兵吾は奥歯に虫歯があって、それがうずいているような気持ちになった。実際には虫歯などないのだが、何故かそんな気がした。痛いというよりもちくちくしていて、むしろかきむしってしまいたいのだが、触れば凄《すさ》まじい激痛が走るのだ。

「……あーもう！　どーでもいいだろうが、んなこたあ！」

彼はむやみに左手をぶんぶん振り回した。右手で摑んでいる自転車もかたかたと揺れた。

その大袈裟《おおげさ》な態度に聡美は顔を上げた。

「おまえにひっぱたかれるなんていつものことじゃねえか。なあ？」

顔をしかめながら言う兵吾のことを聡美は目を丸くして見つめていたが、やがて、ぷっ、と吹き出した。

「そうね——そういえばそうだわ」

「まあ、そうそうパンパンぶたれているのもなんだが——変な趣味が目覚めるかも知れねーからな」

二人は向かい合って笑った。

「いや、悪かったわ。そうだ、お詫《わ》びになんかするわ。なにがいい？」

「あ？　いいの？　そうだなあ……」

「コンビニのおにぎりでも奢《おご》ろうか」

「その程度かよ！」

「いや、もちろん他のことでもいいんだけど」

「うーん、そうねえ……」

兵吾はいったん目を落とし、そして上目遣いに聡美を見た。

その白く細く、男の彼から見たらひどく華奢《きゃしゃ》な手を見た。

そしてぼそりと言った。

「……手、握っていいかな」

聡美はぽかんとした。

「……は？」

「いや、嫌なら別に」

兵吾は顔を上げない。聡美の眉が寄る。

「……やっぱり、何かあったの？」

「……そういうわけでも、ないんだけど……」

兵吾の、その声はひどく弱々しい。

聡美の顔が一瞬険しくなり、そして次の瞬間、彼女は両手でぎゅっ、と握ってぶんぶん
と上下に振った。

「大丈夫だからさ！　ね？」

兵吾の顔を覗《のぞ》き込むようにして、ほとんど睨むようにしながら、言う。

「何がだよ？」

「何でも、よ！　とにかく大丈夫だから！　元気出しなよ！　ね？」

聡美は、その態度はなんだかすごく一生懸命だ。

そして、兵吾の手を握っているその温かさ、そして握りすぎてやや痛いくらいな感触は、兵吾の中で確かな現実の重みとしか、そうとしか感じられない。これが〝確か〟でないのならこの世に他に、どんな確かなことがあるというのだろうか？

（だが……）

だがそれでも、もう無意識では知っているのだ。

彼は絶対真空より襲い来る敵に対し、巨大骨細工を駆って戦う騎士《きし》であり、そして彼が負けるとき――ナイトウォッチの防衛線が破られてカプセル船が撃沈されるとき、このまぼろしの世界もまた崩れ去る運命にあるのだ、ということが。

under·death

・生死を視る

1.

ヨンは苦戦していた。

彼女の戦う相手はナイトウォッチに対する虚空牙のように明確な敵としては存在してくれないので、敵がいるとわかってからも、彼女はなかなかそれを殲滅《せんめつ》することができない。

しかし虚空牙と違って、相手の真の正体がわからないためにつきまとう〝これは本当に戦いになっているのか〟という意味での不安はない。ヨンが相手にしている〝敵〟は、そういう意味でははっきりとしている。

ヨンは人間に造られた存在であり、そして人間は歴史上で〝その敵〟とばかり戦ってきたのであり、その正体はとっくに知られている。

カプセル船が故郷から旅立ってから、かなりの時を経《へ》てなお、その敵が仕込んでいた攻撃はカプセル船内部の人間たちの世界の守護者たるヨンに襲いかかってきている。

よく知っているに決まっている。

その敵とは、人間にとって最もありふれた敵――すなわち、人間自身なのだから。

＊

「ふう……」

工藤兵吾はまたため息をついた。

時刻は昼休み、場所は校庭の隅の、植木の蔭だ。

ひとり弁当をつつきながら、兵吾の顔つきは暗い。

そこに「よお」と声をかけられたので、顔を上げると根津が立っていた。紙パックの牛乳をチュウチュウすすりながら、根津は兵吾の横に腰を下ろした。

「なんだこんなところで。寂しく一人でメシか」

「クラスで浮いてるんですよ、俺は」

兵吾は素《そ》っ気《け》なく答えた。そして訊き返した。

「根津さんの方はどーなんです、景瀬とうまくやってますか」

「あ、あー。まあなあ……よくわからんな。いきなり貧血で、玄関口でぶっ倒れたりしちまったしな。どーも……」

気絶させられた直後のことは、記憶があやふやになるらしく、そういうことでおさまったのである。

「じゃ、進展なしですか。せっかく気を利《き》かせて先に帰ったのに」

「おまえも冷たいんだよ。自分の用件すませたら俺を見捨てて行くんだから」

「残ってたら気まずいでしょう、色々」

「そりゃそーかも知れんけどよ……でもなあ」

ぶつぶつ言っている。兵吾は思わず笑ってしまった。

「笑ってるけどな、おまえの方はどうなんだ。槇村って女の方は？」

逆に切り返されて、今度は兵吾の顔が曇る。

「……まあ、なんつーか」

「なんだよ、結局おまえも俺と同じじゃんか」

笑いとばされた。だが兵吾はそれには怒ることなく、呟いた。

「同じなら、いいんですけどね……」

「あ？　なんだ、何かあるのか」

「根津さん——〝イクノ〟って奴のこと知ってますか？」

「誰だそれ」

「そいつが問題なんです」


その話を聡美に聞かされたのは、今朝の登校時のことであった。

「ねえ、相談に行こうよ」

いきなり聡美が言い出したので、兵吾はあっけに取られた。

「――は？」

「だからさ、あんた最近なんかおかしいしさ、悩みがあるんだったら、誰かに言ってスッキリした方がいいし」

「……いいよ別に。そんなんじゃねえよ」

「よくないわよ！」

「……だって、なぁ」

彼の悩みなど正直に話したら、この世界では〝狂っている〟ことにしかならない。景瀬観叉子の言う通りだ。ではあいつに相談するか？　答えはもう予測がつく。

〝考えなければいいのよ。どうせ、どうにもならないんだから〟

……そんなところだろう。

「あんたらしくないもん。なんだかぼけっとしててさ。訊いても答えてくれないし――あたしじゃ駄目なんでしょ」

聡美はいじけたような声を出した。

兵吾は「うーん」と呻《うめ》いた。

「……相談って、誰にだよ？」

訊くと、聡美の顔がパッと輝いた。

「幾乃《いくの》先生よ！」

「イクノ？　そんな名前の教師、ウチの学校にいたか」

「教師じゃないわよ。もっと頭のいい人よ。でもちっとも偉ぶらないし、話しやすい人なのよ」

なんだかきらきらした目で語る。誰だそいつ、と兵吾は好奇心よりも警戒感を持った。

（まさかこいつ、なんか変なセミナーとかなんとかに引っかかっているんじゃ……）

非常に気になってきた。

「……そいつに、その――おまえも色々相談しているわけか？」

「え？　いいえ。別に私は。向こうから訊かれたことはあるけど」

「どういう奴なんだよ？」

「どうって――うーん、ちょっと変わっているかな。でも面白い人よ」

明るい言い方に、兵吾はますます疑念《ぎねん》を深めた。

「……わかったよ。そのイクノ先生とやらの所に行こうじゃねえか」

そして、聡美に何を吹き込んでいるのか問いただしてやる、という言葉の方は言わなかった。

聡美はにこにこして、

「じゃあ連絡しておくね！」

と答えた。


「なんか……そいつのことえらく信頼しているみたいなんですよ」

兵吾は根津に説明を終えると、またため息をついた。

「うーん……サークルか、なんかかかね？」

「わかりませんけど」

「ふーむ」

根津はじろじろと兵吾を見つめてきた。

「……なんですか、俺の顔になんか付いてますか」

「いやあ、おまえが景瀬に全然なびかなかったのも、もっともだなって思って」

「は？」

「心配してんだなあ、その女のこと」

しみじみと言われて、兵吾は飲み込もうとしていたソーセージを喉につかえさせた。

「むぐ」とお茶を流し込んで、なんとか食道を通した。

「な、なんですかそりゃ？　俺が、何ですって？」

ムキになった兵吾だが、根津は聞く耳を持たずにまたうなずく。

「まあ、とにかく相談とやらを受けてこいよ。金取られるとか無理矢理に参加とか、そういう話になったら俺も助けてやるからさ」

「……はあ、ありがとうございます。でも、なんで」

「いや、おまえには借りがあるからな」

「そんな、別にないスよ」

兵吾はあわてて頭を振った。だが根津は真面目な顔で、

「助けにならないかも知れないが、何かあったら力になるからな。いつでも声をかけてくれよ」

ときっぱり言った。こういうところが、さすがに名キャプテンだなと兵吾は思った。

と、同時に――

(この人は……〝あっち〟の世界ではどうなっているんだろう？　氷漬けになって眠っているのか。それとも受精卵のままで、精神だけが時間を飛び越して再現されているのか)

――そういうことも、考えてしまうのだった。

＊

聡美に連れられて行った先は、高さが二十階以上もある高級マンションだったので、さ

すがに驚いた。

入り口《エントランス》には警備員までいる。聡美は臆《おく》することなく、下に備え付けの各階に通じている統合インターホンで部屋番号を打ち込んで、呼び出した。

『……はい』

くぐもった声がスピーカーから流れてきた。

「——あ、先生ですか。私、槙村です」

『ああ、槙ちゃんね、どうぞどうぞ』

声は機械越しなので、まるで子供のように甲高《かんだか》くなっていたが、若い女のようである。兵吾はてっきりイクノというのは男だと思っていたので、おや、と思って、そして……ちょっとホッとしている自分に、なんとなく腹立たしいものを感じたりして、複雑な気持ちになった。

(どーだっていいだろうが、んなことは……!)

聡美に押されるまま、兵吾は警備員に見つめられながら正面ゲートを抜けてエレベーターホールに入り、ぴったりに到着したケージに乗って上に向かった。

ケージの内装にはカーペットが敷いてあったりして、やけに豪華である。

「……こんなところに住んでるのか?」

「そうよ。仕事場も兼ねてるのよ」

「仕事？　……何してるんだ？」

するると聡美は不思議そうな顔をこっちに向けてきた。

「知らないの？」

「なんで俺が知ってるんだよ？」

いいかげん兵吾は腹が立ってきた。すると聡美が不安そうな顔で見上げてきた。

「大丈夫？」

「はあ？」

「そんなに緊張しなくていいから、ね？」

「なんで緊張なんか――」

言いかけたところで、エレベーターが停まって、ドアが開いた。

聡美はさっさと出ていき、そのまま通路を歩いていく。兵吾は仕方なくついていく。

装飾と一体化していて目立たない位置にあるドアチャイムを鳴らす動作も手際が良く、確かに聡美は何度もここに来ているらしい。

（一体なんなんだよ……？）

兵吾は、もうその顔つきにはあからさまな警戒の色を浮かべている。

直通インターホンでまた何事か話すと、がちゃり、とドアの鍵がひとりでに開いた。オートロックらしい。

「さ、入って入って」

まるで自分の家のように、聡美は兵吾を招き入れた。

兵吾は玄関に足を踏み入れて、そして絶句した。

せっかくの高級な内装や、品の良い照明器具などがあるのに、それらをあふれかえる古雑誌の山が台無しにしていた。しかもマンガ週刊誌ばかりである。

「なんだこりゃ……？」

「だから仕事場なのよ」

「なんの仕事をしてやがるんだ……」

聡美はどんどん部屋の中に入っていくので、兵吾も靴を脱いで上がるしかない。

廊下に行くと、今度は壁中にポスターがべたべた貼られていた。しかもジャンルが滅茶《めちゃ》苦茶《くちゃ》で、映画スターやらミュシャの絵やら少年マンガやら旅行代理店の「常夏《とこなつ》の島グァム」やら「アンコールワットの遺跡」やら美少女アニメやらがごたまぜになっている。

（どういう趣味してんだ……？）

だが、いわゆる宗教や政治結社などのポスターの類《たぐい》はない。

「先生、おじゃましまーす！」

兵吾がきょろきょろしていると、聡美が誰かに挨拶《あいさつ》している。

「おう、来たね来たね」

なんだかずいぶん若い声が返ってきた。さっきのインターホンは、機械のせいではなくほんとに子供のような声だったのか、と兵吾は聡美の後ろから彼女が入っていく部屋の中を覗き込んだ。

室内にはでかいデスクがあり、その上にパソコンが何台も並んでいた。端には音を絞っていて、どうやら点けっぱなしのテレビもあって、ここのところお馴染みのニュースが流れている。

『……連続殺人事件の容疑者である青嶋磨之介の行方は杳《よう》として知れません。なお警視庁では、これまで確認されている十五人の被害者以外に、近隣で行方不明になっている三人の女性に関しても、青嶋容疑者に殺害され、隠蔽《いんぺい》された可能性があるとして、さらに容疑を加える方針で……』

そしてデスクにひとつしかない席に一人の女の子が座っていた。眼鏡《めがね》をかけていて、髪を後ろでひっつめている。だぶついてかなり色の落ちたジーパンに、やはりゆったりとした無地のシャツを羽織《はお》っている。動きやすく、働きやすい服装だった。ファッションや他人にどう見えるかは二の次なスタイルだ。

要するに、どこか野暮《やぼ》ったい。

「よっ、君が工藤兵吾くんか」

彼女が手を上げてきた。どう見ても二十歳《はたち》前にしか見えない。

「あ、あんたが……センセイ？」

と訊いたそのとき、兵吾は彼女の後ろのいくつかあるモニターのすべてに、なにやらコマで割られた絵が描かれているのを見て、ああ、とやっと悟った。

「漫画家か？」

「そうよ、妙《みょうが》ヶ谷《や》幾乃先生！　まだ私とひとつしか歳が違わないのに、雑誌に三作も連載持ってる売れっ子なんだから！」

「先生ってのはやめてよ、槇ちゃん」

その〝先生〟は苦笑いしながらかるく手を振った。

「幾乃でいいって。で、今日は何か面白い話を聞かせてくれるんだって？」

そう言いながら兵吾の方をやや大きめの眼鏡越しに見つめてきた。

兵吾は聡美の服の裾《すそ》を引っ張った。

「……どうして漫画家なんかと知り合いなんだ？」

「〝なんか〟ねえ」

幾乃はくすくす笑った。聡美があわてて、

「ち、ちょっと、先生に失礼でしょう？」

と兵吾を叱りつけた。

「先生は、千絵《ちえ》の先輩で……知ってるでしょう？　私のクラスの友達の」

「知り合いの知り合い、か？」

「そういうことね」

妙ヶ谷幾乃はうなずく。その姿はなんというか……普通の眼鏡娘であり、とても高級マンションの住人には見えない。実際にまだ十代なのだろう。

「槇村、アシスタントとかやってるのか？」

「ああ、あたしは一匹狼なのよ」

聡美に訊いたのだが、先に幾乃が言った。

「まあ、原稿は全部機械で描いてるしね。背景もほとんど取り込みを処理してるし。そんなに手間のいらねーマンガなのよ、あたしのは」

なんだか専門的なことを言われるが、兵吾はよくわからない。

「この部屋は、あんたが……？」

「一括《いっかつ》払いよ、ちなみに」

へへん、幾乃は挑発的に鼻を鳴らした。あきらかに面白がっている言い方である。

「親とかは？」

すると彼女はあははと笑った。

「これじゃどっちが相談しに来たのかわかんないわね」

「……漫画家ってのは人生相談もするのか？」

兵吾は、明らかに脱力していた。どうやらこれは別に怪しげな宗教でも高い相談料をふんだくるセミナーの類でもなんでもないようだった。本当にただの友達だ。聡美が騙《だま》されているのかも、などと意気込んでやって来た自分が馬鹿みたいに思えてきた。

「半分は取材も兼ねて、ね」

「でも親身に話を聞いてくれるのよ」

聡美が、いい加減な調子の幾乃をフォローした。

(なんだかなあ……)

どっと疲れた。

「ま、とにかくお茶でも飲みなさいよ」

漫画家は立ち上がり、部屋に置かれているポットからコーヒーを注ぎ分けた。

「あ、先生、私やります」

「いーからいーから」

聡美を制して「砂糖いくつ?」などと訊いてきた。売れっ子らしいが、ずいぶん気さくであり、確かに悪い人間ではなさそうだ。

「――お邪魔、じゃないんスか。〆切《しめきり》とかあるんでしょう」

兵吾はめんどくさくなってきたので、さっさと帰りたかった。

下手に〝本当のこと〟など言ったら、この漫画家は信じないどころか逆に興味津々になりそうである。横の本棚を見ても、なにやら『宇宙竜』とか『冥王と獣のダンス』などといったような題のSFかファンタジーっぽい小説本やマンガ単行本がたくさん並んでいる。いかにも好きそうだ。マニアは困る。

「いや大丈夫大丈夫！　さっき最終チェックのデータ送って、確認すんだところだから明日まではスケジュールに余裕あんのよ。時間はたっぷり」

漫画家はけらけら陽気に笑った。ひょっとして徹夜明けでハイになっているという例の奴ではないか、と兵吾は疑った。

「それにさあ——聞いてないかしら？」

「何がですか」

コーヒーを手渡されながら、兵吾が聞き返すと、妙ヶ谷幾乃はニヤリと笑った。

そして眼鏡のフレームに手を伸ばしながら、言った。

「あなたも、リーパクレキスの安定装置から聞いているでしょう？　〝こっちと向こうでは時間の流れ方が同一ではない〟って」

「——え？」

兵吾の身体が強張《こわば》る。

今、こいつ——

こいつ、今なんて言ったんだ……？

「ねえ〝マバロハーレイ〟――」

言いながら幾乃は眼鏡を外した。

その瞬間、世界がぴ、た、りと停止した。

2.

――ばしゅっ、という音がしたような気がしたが、実際には無音だったのだろう。

妙ヶ谷幾乃が〝変身〟していた。

眼鏡を取ったら、その全身の服装が全部入れ替わっていた。どちらかというと、ぼさっとした格好だったのが一変して、身体に妙にフィットして、洗練されたデザインの見たこともない服になっている。その服には見たところ、どこにも縫い目だとかボタンやファスナーで留めるところがない。手袋からブーツまで、すべてが一体化しているようにしか見えない。

「びっくりしたァ?」

変身した彼女は悪戯《いたずら》っぽく訊いてきた。

その頭部にはなんだか〝赤頭巾《ずきん》ちゃん〟を連想させるようなフードが、これだけは別のパーツとして被さっていた。その縁はギザギザで、その尖っているところすべてに丸や三角の飾りがちゃらちゃらとついていて、そしてそれはふわふわと、微妙に浮いている。

フードもスーツも、色は表現のしようがない。虹色、とでも言うしかない。色々なカラーがきらきらと表面で変化しているのだ。スーツには、一体化している〝服〟の部分の上には、さらに七夕の短冊《たんざく》みたいに密集した小さなびらびらがあちこちに、不規則に貼り付けられている。

こういうものを兵吾は前にイラストレーションで見たことがある。それにはこんなタイトルが付いていた。

〝未来世界のファッションはこうなる〟と。

「びっくりしたんだァ？　へへん」

幾乃は、その手にはまだ眼鏡だけが残っている。顔つきはまったく同じだ。ただし印象ががらりと変わってしまっている。眼鏡を取ると美人、という俗っぽいドラマのシチュエーションみたいだったが、そいつらは眼鏡を取っただけで未来人に変身なんかしない。

そして、変化しているのはその女だけではなかった。

「…………」

兵吾は横に立っている聡美に目をやった。

聡美は動かない。

というよりも、完全に静止している。

振り向きかけたところの、かすかに舞い上がっている髪の毛までが、そのまま固まっている。

兵吾は、手にしていたコーヒーカップから手を離すが、それは空中で停まって、下に落ちない。湯気が立っているが、それもまったく揺れない。

「……時間が停まっている、のか」

「システムをフリーズしている、と言って欲しいわね」

「……システム、かよ」

兵吾は自分の指先を見てみた。爪が伸びていて、少し汚れていた。指紋の間に土汚れが微妙にたまっていた。

「こんな現実感をわざわざ作っているのか？」

兵吾にはもうわかっていた。

この幾乃という女こそが、あの景瀬観叉子が〝いずれ出会う〟と言っていた〝模造人格〟とかいう奴なのだ。実際の人間の肉体とつながっていない〝機械〟の人格。その目的はおそらく……

「現実感のある本物の現実でなきゃ意味がないのよ。絶対真空という非現実《ナル》に適応できない人間を保護する目的で、この世界はあるんだから」

……この幻の世界で、外側からの影響で都合《つごう》の良くないことが起きたときのための〝修理屋〟だろう。

「おまえの本当の名前はなんだ」

妙ヶ谷幾乃、などという変に古風な名がこの目の前にいる〝未来人〟の本名とは、とても思えない。

「fs4，025よ。よんてんまるにーご。……でもそれだとつまんないから〈ヨン〉って呼んでちょうだいね。ヨンちゃん――ってね」

媚《こ》びを売るようにくねくねと身体をくねらせながら言ったが、そのふざけた態度を兵吾は無視した。

「……なんで出てきた？」

ほとんど睨みつけるように、兵吾はヨンを見つめた。

「相談に乗るためよ。決まっているでしょう？」

ヨンは聡美の方を見ながら言った。

「可愛い彼女にも頼まれたし、ね」

「……ほんとうに前から知り合いだったのか？」

「どういう意味？」

「とぼけるな」

出来過ぎている。こいつらが世界を創っているのなら、その中の人の記憶を自由にいじることも簡単なのではないだろうか。

だがヨンは、ちっちっちっ、とそのキラキラ光る指先を振ってみせた。

「まだまだ考えが甘いわよ、兵吾くん？」

「なんだと？」

「私が〝ひとり〟だと思う？　この漫画家のスタイルで世界のすべてを管理していると思う？」

「……なるほど」

要するに、ものすごく大勢のヨンが世界にはまぎれているのだろう。どんな人間でも、その知り合いの知り合いには、必ずヨンが一人はいるぐらいの数が。

「どうも、この仕事場だと話しにくいわね」

ヨンは言うと、ぱちん、と指を鳴らした。すると突然、周辺の光景が一変した。

高層マンションの一室から、夕暮れ時の港町に瞬間移動していた。

海が見える、なかなかいい雰囲気の公園のベンチに、さっき漫画家の仕事場で椅子に座っていた姿勢のまま腰掛けている。

いい雰囲気だ。ただし、空中でカモメが静止などしていなければ、の話だが。

公園には他に誰もいないが、ちょっと離れれば道で大勢の人間が歩いている姿勢で固まっているに違いない。

兵吾はかすかに首を振るだけで、もう殊更《ことさら》に驚かない。いきなり別の所に出るのは経験済みだ。そんな彼に、外に出てもやっぱり、あのキラキラな格好をしているヨンが問いかけてきた。

「兵吾くん、あなたは人生というものがどういうものか、一言で言えるかしら」

「言えるわけないだろう」

「その通り。人生――それは、常に変動し続ける宇宙で、恒星間の観測記録と軌道修正計算を、超光速で航行しながら行うカプセル船の多層次元集積演算機《ジャイロサイプレータ》でも、おいそれとはシミュレートできないほどに複雑怪奇《かいき》で不確定要素の多すぎる代物《しろもの》なのよね。だから、ただ舞台となる世界を、過去の時代からサンプルとして取り上げて、再現しているだけで精一杯。それぞれの人生を送るのは、もうそれぞれに任せるしかないのよ。それを停めることはできても、戻すことはできない。そうそう、〝この時代〟のたとえで言うなら、ネットワークのオンラインゲームみたいなものよ。サーバーはプログラムを組むし、設定もするけど、でもプレイ内容はそれぞれに任せるだけ。わかる？」

全然わからない。兵吾はコンピュータに詳しくないのだ。だがわかろうがわかるまいがこの場合大した問題ではない。

「……ゲームにしちゃ洒落《しやれ》にならないことが多すぎるんじゃないのか」

「例えば〝人死に〟とか？　でもそれはしょうがないわ。実際にそうなんだから」

ヨンはあっさり言った。

「……なんだと？」

「だから、この世界で死んだり、病気になったりする人は、やっぱり〝実際〟でも死んでるし、その病気と同程度の障害に遭っているのよ」

簡単に言うので、兵吾は混乱した。

「ち、ちょっと待て。冷凍して、保管しているんじゃないのか？」

「してるわよ。時間をほとんど停めて、ね。でも、それでもどうしようもない」

ヨンは肩をすくめた。

「ただの物質として、人を保存することも当然考えられたんだけど、でもそれだとナイトウォッチに乗せるコアの人間までいなくなってしまう。だから、その数人を正気に保つために、それだけのために他の何十億人という人間にも付き合ってもらっている。でも夢の中でも、生活させていけば人は死ぬ」

「……どういうことだ？」

兵吾は相手の言葉の半分も理解できない。

「〝人生は夢のごとし、されど夢もまた人生のごとし〟という感じかしらねぇ――」

ヨンの方も、わかってもらおうとは思ってないようで、投げやりな調子で続ける。

「この世に〝真理〟というようなものがあるとして、私の立場からはっきり言えるのは〝死は、如何《いか》なる方法を以《もっ》てしても消すことができない〟ということぐらいよ。それがたとえ、夢の中の世界であってもね」

「……冷凍されているのに、死ぬのか？」

「ばたばたくたばっているわよ。原因？　さあね。でもきっと、肉体と精神というのは、人が思っているほど分離したものではないのよ。精神《こころ》が死ねば、肉体《からだ》も死ぬ。これを停めることは誰にもできない」

「……死体は？」

「どんどん船外投棄しているわ。余分なものを積んでおく余裕はないもの。予備の冷凍受精卵を次々と補充しながらね。でもいずれそれも尽きるわ。だからある程度になると時代設定を〝リセット〟するのよ。より人口の少ない時代に、世界を戻す」

「……なんなんだ、そりゃあ」

がっくりとうなだれる。兵吾は、もう話についていけなかった。

「まあ、どうせすべての人間のデータはバックアップがとってあるから、もし私たちが他の、人が住める星に辿りつけたらみんな生き返るんだけどね。情報から再現されたそれが本当に〝生き返る〟ということになるなら、だけど」

それはたとえるなら聖書にある〝審判のときが来たとき、すべての人は墓から甦《よみがえ》って神の裁定を待つ〟というようなものなのだろうか？　だが……

「……辿りつけなかったら？」

彼は、すでに実際に虚空牙と戦っている。あの恐るべき〝敵〟の攻撃をかいくぐりながら、ほんとうにあるかどうかもわからない他惑星の新天地など見つけられるのだろうか？

「おしまい。それだけよ」

ヨンは冷ややかに言った。

「あなたが負ければ、世界は終わる。それは間違いない。ただでさえぎりぎりなのに、これ以上ナイトウォッチを一機でも失ったら私たちに助かる道はない」

「…………」

兵吾は公園のベンチで、ただうなだれる。

「あなたは例外中の例外なのよ」

ヨンが、黙り込んでしまった兵吾の隣に腰を下ろして、側に寄ってきて、ぴったりと身体をくっつけてきた。

その感触は、まちがいなく柔らかで量感のある異性のそれだった。兵吾はこんな状態でもどぎまぎした。

「な、なんだよ？」

「あなたは、本来ならすべてが終わっていたはずの状況で起こった奇跡」

ヨンの指先が、兵吾の胸元でくるくると円を描いた。

熱い吐息が耳にかかる。

「だから多少の特別扱いなら、大目に見られるわよ」

「と、特別……？」

「そう、あなたがしたいことを、あなたが望むことを、私……この〝妙ヶ谷幾乃〟の身体の範囲なら、もう好き勝手に、なにしたっていいのよ？」

指先が昇ってきて、兵吾のあごをくすぐりだした。

ぐびり、と兵吾の喉がひとりでに鳴った。

「な、なに、ってなんだ？」

「だから、なんでもいいのよ——」

もう、ヨンの身体のラインも露《あらわ》な姿は、兵吾の膝の上にほとんど乗っている。

その顔が、ゆっくりと近づいてくる——

兵吾はヨンの、彼の背中に回りかけていた手を握り返した。

だが、それをそのままぐいっ、と引っ張って自分から引き離す。

そして冷ややかな目でヨンを睨みつけた。

「——何故だ？」

握る手は、明らかに女性を相手にするには強すぎる力がこもっている。

「どうして、特別扱いなんてことが起きるんだ？」

「…………」

ヨンの顔から、甘い表情が消える。

「そうだろうが——普通の生活をさせて、人間の精神を安定させるのがこの世界の目的なんだから、特別扱いなんかしたら〝バランス〟とかを崩す恐れがあるんじゃないのか」

「それは、それだけを見ればその通りよね」

「じゃあ、なんでだ？　さっさとナイトウォッチの〝コア〟だかなんだか知らないが、そいつを再設定して、俺から外せばいいだろうが。明らかにこの世界にとって今の俺の立場は都合が悪い」

「この世界だけ見れば、それはその通りなのよね、まったく」

ヨンはため息をついた。

そしてかすかに首を振った。

「痛いわ——手を離して」

静かに言う。兵吾は手を開いた。

ヨンはするりと立ち上がる。

そのまま二、三歩前に進んで、兵吾に背中を向ける。

その後ろ姿は丸みを帯びているが、やっぱり男の兵吾よりは遥かに細くて、華奢なシルエットだった。

虹色の頭巾に包まれた首を、かすかに横に傾けて、右脚にだけ体重を掛けて、両手はだらりと垂らして、ぶらぶらと揺らしている。

「…………」

兵吾は、さっき迫られていたときよりももっと……なんというか、その寂しげで、折れて崩れ落ちそうなヨンの姿に、喉の奥から、ぐっ、とこみ上げてくるような熱さを感じた。

「……説明するんだろう？　早くしろよ」

苛立たしげに言うと、ヨンが背を向けたまますくすくすと笑った。

「何がおかしい？」

「特別扱い、ってことにしなきゃよかったかな？　普通に、幼なじみの娘の知り合いってことで押し通した方がうまくいったかもね」

「――いくわけねえだろ、んなもん」

吐き捨てるように言うと、ヨンはあははと笑った。

そして兵吾の方を向く。不思議なことに、はっきりとヨンの顔を見ると兵吾の動悸は静まった。

「理由は――この世界どころではないからよ」

「…………」

「そう、あなたももう見当はついていたはず……過去に、一度の戦闘で虚空牙を四体も撃破したナイトウォッチなど例がない。追い払うか、相手をカプセル船から引き離して逃げ切るぐらいが関の山だった。でも――あなたはいきなりの戦闘で、その前例をすべて覆《くつがえ》してしまった。あなたは特別なのよ」

「二体は景瀬が――リーパクレキスが墜《お》としたんだろう」

「あなたが相手を隙だらけにしたから、ね」

ヨンは肩をすくめた。

「リーパクレキスの方は、あの景瀬観叉子に問題がありすぎて、ジャイロサイブレータに期待されてはいないわ」

意外な言葉に、兵吾は驚いた。

「なんだって？　景瀬の何が問題なんだよ？」

あのクールな少女は、怒りっぽい兵吾よりも遥かに安定しているように見えたが……。

だがヨンは彼のそんな疑念など意にも介さず簡単に無視した。

「あなたには関係のない話よ」

「……えらく冷たいな。一応、同じ学校に通っているんだぞ」

「とにかく、景瀬観叉子は直接コアとして戦っているわけじゃないけど、あなたは違う。あなた自身が人類史上始まって以来といっていいほどの〝戦闘の天才〟なのよ。あなたはまぎれもなく、あなたの力で私たちを守ってくれた。そのお礼をしたい――ということでは駄目かしら？」

「白々しいこと言ってんじゃねーよ」

兵吾はけっ、と呻いた。

「その、一番上で管理しているジャイロサイブレータとやらが、そんなお優しいタマかよ」

彼自身も虚空牙と直接戦っているから、理解できる——あの真空の戦場を基準とするならば、そんな恩情的な姿勢など入るゆとりはない。

「どうせ分析でもして、俺の強さとやらの秘密を知りたいんだろう」

「ああ、それならもう、きっと何千回もやっているでしょうね。下位ユニットである私にはわからないけど。もっとも——」

ヨンはにやりと笑った。

「成果が上がっているなら私に指令が下りてこないでしょうけど、ね——」

「……それで今度は色仕掛《いろじか》けか」

「あら、でも私としては、今では個人的にも結構その気なんだけど？」

ヨンはウインクしてみせた。

だが兵吾はそんな彼女の甘えたような態度に反応せず、厳しい目でヨンを睨むのみだ。

「やれやれ……」

ヨンは両手を軽く広げた。

そして、その瞬間二人はまた、さっきの漫画家の職場に戻っていた。

「………………」

さっき渡されたコーヒーカップは、宙に浮いて固定されたままになっている。

兵吾は、ベンチに腰掛けていたままの姿勢で椅子に座っている。腕を上げて、カップを摑んだ。

ちら、と聡美の方を見る。

彼女は、兵吾とヨンの間の、何もない空間を見ている——兵吾の方を向こうとしている途中なのだ。

「あなたが今、何を考えているのか見当が付くわよ」

ヨンがにやにや笑いながら話しかけてきた。

「〝もしかしたら〟と思っているんでしょう？」

「——そう、なのか」

兵吾は暗い表情だ。

その目は聡美から離れない。

「さあね。正直言って、私にはわからないのよ本当に。ナイトウォッチ・コアの管理は私よりも上位の、戦略プログラムの管轄だから。私はこの世界の管理人であって、所有者《オーナー》じゃないのよ。だから――」

ヨンも聡美の方を見る。

「あなたの、この可愛い彼女や、楽しい家族がもしかしたら、この私と同様に生きている肉体を持っていない〝あなたを安定させるための道具〟でしかないのかどうかは、私にはわからない。私は、そういうモノすべてをひっくるめて管理するだけ」

「……ニセモノとは思えないぞ」

彼の精神を安定させるどころか、むしろ苛ついたり腹が立つことの方が多いような気がする。

「そりゃあ、そう思われたら失敗だもの。当然でしょう？」

ヨンはせせら笑うように言った。

「……ちっ」

兵吾は舌打ちした。

確かに家族や聡美は彼の思うがままになるわけでないし、うざったいところもある。

だが全体として見れば、確かに……それらの人々が存在していることが、心の大切な部分を占めているのは否定できなかった。

「……くそったれが」

兵吾は奥歯を噛みしめた。

「ま、その辺は考えてもしょうがないのよ」

「…………」

「ふふっ——」

そしてヨンは、またいつのまにか手にしていた眼鏡を顔の前に持ってきて、そしてゆっくりとした動作で両眼の上にかけた。

その瞬間、またしても彼女の衣装は漫画家のそれに瞬間的に戻り、そして兵吾の手の中でコーヒーカップが重さを取り戻して、聡美が彼の方を向いた。

時間が動き出したのだ。

「——あ、気にしないで」

聡美が、いきなり兵吾に話しかけてきた。

「……は?」

「先生ってば、ときどき自分しかわからないことを平気で言うのよ。大した意味はないの」

聡美はどうやら、時間が停まる寸前にヨンが——幾乃が言っていた〝リーパクレキス〟などの専門用語を、マンガの言葉だと思っていて、それを兵吾に〝説明〟してくれているらしい。

「……なるほど」

兵吾はため息と共にうなずいた。

3.

結局、その後は兵吾と幾乃、そして聡美はどうでもいいような世間話をしたり、幾乃の今度の新作の話に聡美がノリノリで質問したりしているうちに、なし崩しに会見は終わった。

二人を見送ると、幾乃は「ふう」とため息をついて仕事用のチェアーに腰を下ろした。

確かに、工藤兵吾が言っている通りなのだ。彼の存在はこの世界にとってはイレギュラーである。ある意味、気苦労が増えたようなものだ。

「やれやれ……こっちはこっちで大変だってのに」

幾乃は眼鏡を指先でつい、と上げると、次のマンガの下描きにかかろうとスケッチブックを取り上げた。

そのとき、それが起こった。

、、、

ぎらりと閃光《せんこう》が疾《はし》り、血飛沫《ちしぶき》が飛び散った。

＊

「……なんか、あんまし役に立てなかった、かな?」

すっかり日が暮れてしまっている帰り道で、聡美は兵吾に訊いてきた。

「いいや。かなり気が楽になったよ」

兵吾は苦笑しながら言った。

「いやいや実際、とってもタメになる話だったよ」

「面白い先生でしょう?」

「実に面白いな、まったく――」

思わず、発作的《ほっさてき》な高笑いが起きそうになり、兵吾はあわててそれを噛み殺した。

そんな彼を、聡美は不思議そうに見ている。

「?」

「いやいや――ありがとよ。だいぶ気が晴れた。楽になったよ」

あるいは――もう投げやりに、なるようになるしかないと割り切ったか、だ。

「……なんか、そうは見えないんだけど」

聡美が心配そうに彼の目を覗き込む。

「あたしばっかりお喋りしちゃって、嫌な思いをさせちゃった?」

「いやあ、そうでもないさ」

あの前にさんざん話をしたからな、というようなことはもちろん言わない。

だが、言ったらどうなるだろう？

ふいに兵吾はそれが知りたくなった。

信じてはくれないだろう。しかしそれで、その後どうなるだろう？

馬鹿にされるか、気味悪がられるか……それとも、それとも……何か別の反応を見せてくれるだろうか？

「なあ、聡美——」

「なに？」

聡美は〝やっと話してくれるのか？〟という顔をして兵吾を見つめてきた。

「あのよ——」

「う、うん」

「その——妙ヶ谷先生って恋人いるのかな？」

「……は？」

「いや、眼鏡取ると美人じゃんか結構。気取らないしさー、なんかフリーだったらさ、ちと期待できそうじゃんか？」

軽薄な口調でべらべらと言う。駄目だ。やっぱり言えない。

聡美の顔がきょとんとして、それからみるみる真っ赤になっていく。

そしてまた、ぱあん、と兵吾の頬が派手に鳴った。

一瞬——

(……っ!)

また虚空に放り出されるかも——と身体が強張ったが、今度は何事もなくそのまま事態は流れていく。

「——知らないわよそんなこと!」

聡美は大声で怒鳴ると、そのまま背を向けて走り去っていく。

そんな彼女を、兵吾は寂しそうな目で見送るだけで、追いかけない。

「——ごめんな」

ぽつりと呟いた。

あの幾乃——ヨンは彼のことを〝極めて希少な天才〟だのなんだの言っていたが、何が天才だと自分でも思う。

女の子に気味悪がられるのが怖くて、言いたいことのひとつも言えないような情けない奴が、そんな人類史上のどうのなんていう、ものすごい存在であるものか。

彼は「ふうっ……」と息を吐くと、顔を上げた。

その途端、彼の表情が一変した。

通行人たちが一人残らず、みんな静止していた。

道を走っているはずの車も、バイクも、自転車も、みなぴたりと道路の上で固まっている。

そして音がまったく――空気の動きがまったくなくなっている。

時間が停まっていた。

(システムを――フリーズしているのか?)

確か、そんな風に説明していた。だが、なんで今、それが起きるのだ?

時間停止は一瞬で、すぐに車や人々は動きだし、街には、わあん、という騒音がふたたび満ちる。

平穏無事な世界が回復していた。

だが――だが兵吾は胸の奥がざわざわと落ち着かなくなってくるのをどうすることもできない。

(なんだ――なんで今、時間を停めて、そしてすぐに戻したんだ?)

彼はきびすを返して、もと来た道を戻って――妙ヶ谷幾乃のマンションに走っていった。

マンションは静まり返っていた。

特に目立ったことは何もないようだ。だが嫌な感覚は一向になくならない。

「…………」

兵吾は、さっきはその豪華さにひるんだマンションの入り口《エントランス》に、今度は得体の知れぬ戦《せん》慄《りつ》を感じながら入っていった。

さっきも見た警備員が、同じように立っていた。

「あの、すいません――」

彼は警備員に声をかけた。

「――」

だが、ごく近くで話しかけているのに、警備員は返事をしない。

「おい、ちょっと――」

そいつの肩に手をやって、かるく揺すろうとしたら、警備員はそのままこっちに倒れ込んできた。

その背中には赤い染みが広がっていた――その中心に突き立っているのは、凶々《まがまが》しい大きなサバイバル・ナイフだった。

そして、妙に冷たい身体の感触――

「――!」

思わず突き飛ばしていた。警備員はそのまま床の上に転がった。

死んでいる。

「……な、なんだ……?」

彼はさっき、ヨンが言っていた言葉を思い出していた。

〝ばたばたくたばっているわよ〟

〝死は、如何なる方法を以てしても消すことはできない〟

〝これを停めることは誰にもできない――〟

……そして、その警備員は、もうそっちの方に行ってしまっているのは間違いなかった。

「な、なんなんだよこれは……！」

彼はあわてて、他の者を捜した。

だが詰め所らしき場所に行っても、そこには誰もいない――不自然なほどに、空っぽだった。

だが――床の上にあちこち落ちている赤い点は――この場所がただ〝今は留守《るす》です〟という訳ではない事実を暗示していた。

「――――！」

彼はきびすを返して、そしてエレベーターに走った。

時間が停まったのだ。これはヨンに関係があることに決まっている。

呼び出して、ほとんどすぐにケージはやってきた。兵吾は飛び込んだ。

そして妙ヶ谷幾乃の部屋のある階に着くや否や飛び出した。

部屋のドアには鍵がかかっておらず、半開きになっていた。

「――おい！　いったい何が――」

廊下から仕事部屋へ、走り込みながら怒鳴ろうとした、その声が途中で凍りつく。

妙ヶ谷幾乃が、部屋の真ん中で大の字になって寝ころんでいた。

その頭と頸《くび》の境目辺りから、どくどくと流れ出す赤い線を床の上に広げながら——ぴくりとも、動かない。

そして、部屋にはもう一人の男が立っていた。

中肉中背で、警備員の制服を着ているが、警備員ではあり得ない。歳は二十代後半といったところ——年寄りではないが、それほど若くも見えない。

そいつの顔を、兵吾は知っていた。

直接会ったことはないが、しかし今、そいつの顔はこの国中の人間が知っているのだった。

「——君は、誰かな？」

そいつが兵吾に訊いてきた。思っていたよりも、穏やかな声だった。拍子抜けするぐらいだった。

だが、だがこいつは、毎日のようにニュースで写真が公開されている、そいつは——

「……青嶋——磨之介……？」

十五人、いや訂正されたから十八人もの女性を無惨に殺害して、全国指名手配にも関わらず、現在もなお逃亡中だという……凶悪連続殺人犯が、漫画家の——いや、この世界を律している存在の端末である〝ヨン〟の部屋に……なんでこんな奴が、こんな所にいるん

だ⁉

しかも、そのヨンは……眼鏡をかけた漫画家は倒れて、血を流していて、動かない……なんなのだこれは⁉

青嶋は、そんな兵吾の表情を読んだようだ。

「ああ──」

とうなずいた。

「君は、こいつがジャイロサイブレータの端末だと知っているな？　この世界の正体を知っている──ということは、なるほど、君はナイトウォッチ・コアのスタビライザーのひとり──だな？」

すらすらと淀《よど》みなく言う、その言葉の意味は兵吾にも理解できた。

「き、貴様は──！」

こいつは……敵だ！

兵吾は反射的に、床を蹴ってそいつに跳びかかっていた。

同時に青嶋も跳んでいる。兵吾と反対の方向に、すかさず逃れていた。

そしていつのまにか、その右手に大きなジャックナイフを握っている。

だが兵吾も、跳び込んだ勢いを殺さずにそのまま左脚で蹴りを放っていた。

ナイフブレードの側面と、兵吾の爪先がぶち当たった。

両者とも、多少弾かれてそれぞれ下がった。

「……ほお」

青嶋が、ナイフを左手に持ち替えながら感心した、という吐息《といき》を洩らす。

「どうやらただのスタビライザーではなく、それ自身にも戦闘の才能がありそうだな」

「……貴様は、何者だ……？」

兵吾は押し殺した声で訊いた。

今——直撃しあったのが手と足だったのに、力が同等だった——ナイフを弾き飛ばすことすらできなかった。

青嶋はにやりと笑った。

「そいつから訊いていないのか？　カプセル船の敵が虚空牙だけではないことを」

そう言って、青嶋は床の上に転がっている幾乃の方に顎《あご》をしゃくった。今の攻防で、その動かぬ身体は蹴飛ばされて部屋の隅にまで移動していた。

フローリングの床の上に、移動した跡の赤い線がこびりついていた。

「……なんだと？」

「私は、カプセル船が故郷《マンホーム》から出発したときからずっといるのさ。内部の敵というわけだ。目的は……要するに、自分たちの勢力以外の者が、先に他の天体に辿りつくのを阻止する、というところかな」

青嶋は——いや青嶋麿之介という男の姿をしたそいつは静かに言った。

「——人類側なのに、敵だというのか……？」

そう、こいつは言うならば——未来世界から来た〝テロリスト〟なのだった。

「驚くことはあるまい。人類は戦争を繰り返してきた。その相手はいつも人間だった。虚空牙が出てきたのは、そういう意味じゃあごく最近だ——といっても、このカプセル船が飛び立ってから、外装域時間でももう何千年も経っているがな」

テロリストは悪びれずに言った。

「ずっと——ずっとこうやって、カプセル船の中の色々な世界で妨害工作を続けてきたのか？」

「そういうことだな。他の者たちが死んでいく中、私だけがずっと〝これはニセモノの世界だから、死なない、と知っていたが故《ゆえ》に死なないままで、な」

青嶋はうなずいた。

「そして——今回は特に成果があったようだ。管理プログラムと、ナイトウォッチ・コアの両方にダメージを与えられるのだからな……！」

青嶋が突っ込んできた。

兵吾はデスクの上に飛び乗って逃れた。積んであるコンピュータを蹴飛ばして青嶋にぶつけようとしたが、これはかわされた。

漫画家の職場を蹴散らしながら、二人は争い続ける。

端《はた》から見れば、これは犯罪者と勇敢な少年が二人だけで戦っているようにしか見えないが、しかしその背後には宇宙規模の謀略や、何十億という単位の人々の運命がかかっている闘争なのだ。

兵吾は〝なんなんだこれは！〟と大声で怒鳴りたくて仕方がなかった。

いったいなんで、こんなことをしなくてはならないのだ。虚空牙と戦わされるのも冗談ではないが、しかしこいつは……こいつはそのもとは人間なのだ。

宇宙に放り出されて、巨大な敵と遭遇して、その上でまだ、なんだってこんなバカなことをしなければならないんだ？

人間は、人間は宇宙空間《こんなところ》まで来ていながら、いったい何をやっているのだ？

「……くそったれが！」

兵吾は突き出されてきたナイフを払いのけた。そのときに動きが甘かったらしく、腕に傷がつけられて、血が飛び散った。

そしてその一瞬の隙をつかれて、脚払いを掛けられた。

兵吾は転倒した。

「――くっ！」

体勢を立て直そうとするが、遅い。

すぐさま青嶋が馬乗りになって、ナイフを振りかぶっていた。

振り下ろされたら、終わりだ——だがそのとき、両者の横の床の上を、からからと何かが滑ってきた。

かちっ、とデスクの脚に当たって停まったそれは——眼鏡だった。

女物の、やや度の強めな眼鏡。

「……！」

青嶋と兵吾は同時に振り返った。

そこに、そいつはいた。

赤頭巾ちゃんのようなフードを被り、身体のラインをくっきりと浮かび上がらせる、虹色のスーツを身にまとって——

「……動くな！」

——と兵吾に向けて怒鳴りながら、眼鏡を取った妙ヶ谷幾乃こと、fs4，025は右手に握っている光線銃らしきものを青嶋めがけて発射した。

青嶋の胸に、光の矢のようなものが三本、連射されて突き刺さり、そしてその胸をぶち抜いた。爆発し、青嶋の胸には直径二十センチほどの〝風穴〟がぽっかりと空いた。

「——な」

兵吾は唖然《あぜん》としたが、しかしまだ事態は終わっていなかった。

胸に大きな穴を空けている青嶋が、それでもさらに迫ってくる光線攻撃をよけながら、そのまま飛び退いてデスクの蔭に逃れて、そして窓の外に飛び降りたのだ。

「——くそ！」

左手で首筋を押さえているヨンが急いで追いかけるが、窓の外に身を乗り出しても、もうその胸に穴が空いているはずの人影はどこにもいない。

「——また、逃げられた……か」

ヨンが、光線銃を下ろしながらがっくりとうなだれた。

兵吾はよろよろと立ち上がり、彼女の側に寄っていった。

「い、生きてたのか……大丈夫か？」

ヨンの顎の下には、下から上に突き刺されたと思《おぼ》しき傷跡が、まだ生々しく残っている。しかし出血は止まっているようだ。

肩を支えようとしたら、その手を握り返された。その指先はがたがた震えている。

「ええ、なんとかね……ある程度の損傷ならむりやり回復もできるけど、今回は致命傷ぎりぎりだったから再起動に手間取ってしまった。もう少しあなたが来るのが遅かったら、とどめを刺されていた。攻撃される瞬間に時間を停めたんだけど、それでもあいつはその停止空間の中で攻撃してきた——完全に、システムマネージャの中にまで侵食しているわね……」

「おまえでも、その〝身体〟が死んだらまずいんだろう？　そのプログラム、とかなんかが」

「……そうよ。私だって、死んだら、それまで――」

ヨンはぜいぜいと肩で息をしている。顔色も真っ青だ。確かに、この世界の中ではこういうダメージはそのまま〝真実〟なのだろう。

〝世界〟それ自体に敵対しているあのテロリストのような奴を除いては、だが……。

「……その武器はなんだ？　すごい威力だが、最初からそれを使ってれば」

部屋は、光線の流れ弾であちこち穴だらけになっている。その切り口はまるで鏡のように滑らかで、撃ち抜いたというよりも、切り取ったという感じだった。

「間に合わなかったわよ。一瞬の隙をつかれたから……」

彼女は手の中の光線銃を掲げてみせた。

「これは消去デバイスよ。この世界での不都合なものを消し去る、要するに空間の消しゴムね」

「そんなものが必要なのか……」

兵吾は暗澹《あんたん》たる気持ちで、ぼそりと呟いた。

「……え？」

「なあ、ヨン――なんでナイトウォッチに、人間のコアが必要なんだ？」

いきなり訊いた。

ヨンは意外な問いに、ぱちぱち、とまばたきした。

「……なんのこと？」

だが、兵吾はそれ以上何も言わない。質問を繰り返しもしない。

彼には、もう答えはわかっていた。

そうなのだ。

このヨンや、この世界を創っているというジャイロサイブレータよりも、とんでもない知性と知識を持っているはずの機械たちよりも、そういう意味ではまだ主観時間で、十代半ばのガキに過ぎぬ兵吾の方がよく知っているのだ——〝人間〟を。

何故、人間が戦わされるのか？

それは信じられないからだ。

機械が裏切って、自分たちに反旗を翻《ひるがえ》すかも知れないという可能性を、どうしても捨てられなかったからに違いない。

フランケンシュタイン・コンプレックス。

自らが造りだしたものに対して、それが自分を害するのでは、という不安と恐怖をどうしても捨てきれない気持ちのことをこう呼ぶ。

兵吾は、その単語そのものは知らなかったが、その内実は今、痛いほどに実感できた。

だからこの世界で〝青嶋麿之介〟という名を使っているあのテロリストを、何千年もかけても、いつまでも殺しきれないのだ。

奴の〝本体〟がどこにいるのか彼には知る由《よし》もないが、このカプセル船のどこかで冷凍されているに決まっている。しかしヨンやサイブレータは、大勢の人々の中に紛れ込んでいるそれを見つけることができないのだ。生身の人間に直接手出しすることを存在原則として禁じられているからだ。

だから、今の兵吾の問いかけも、そのことについて考えることすらできない。

偽装された世界の中で、あいつは他の人間を保護するための設定を悪用して、いつまでも隠れ続けることが可能なのだ。

完全にプログラムから消去するか(頭部を一欠片《ひとかけら》も残さず吹っ飛ばせばいいのか?)、あいつが〝これで自分は死んだ〟と実感でもしない限り、いつまでも、いつまでも——

「……ぞっとしない話だ」

何をやっているのか。

幻の世界をつくって、絶対真空の虚空にまで来ていて、いったい人間は何をやっているのか……。

こんなことでは、どうしたって——。

「——大丈夫?」

ヨンが、兵吾の顔を心配そうに覗き込んできた。

「あなたも怪我《けが》をしているわよ。手当しましょう。残念だけど、私みたいにすぐには治せないわよ」

「——ああ、わかっている」

ヨンに、怪我をしたところの消毒や治療をされながらも、兵吾はなんとなく、

(——景瀬観叉子にあるっていう〝問題〟ってのは、一体なんなんだろうなぁ……)

と、少しピントのずれたことを、ぼんやりと考えていた。

・境界を視る

from border

1.

空間を、超光速で飛ぶ――

というのは、実感としては滑らかにすいすい進んでいくのではなく、常に四方八方から押しつけられ続けているような、ひどく抵抗の激しい行動のような気がする。宇宙には何もないくせに、速度が不合理に速すぎるせいか、時間の流れを強引にねじ曲げているせいか、恒星間超光速機動というのは、空気や水を切り裂いて進む飛行機や船よりも重たい動作のような気がする。まるで――虚無という暗黒《かたまり》を掘り進むモグラのような気がする。

その抵抗を、いつも無理矢理にぶち抜きながら、ナイトウォッチは飛んでいく。

敵めがけて、ひたすらに突撃する。

出撃も三回目ともなると、工藤兵吾もだんだん恐慌にとらわれるばかりではなく、自分が何をしているのか把握《はあく》できるようになってきた。

今回は、古文の授業を受けている途中でいきなり〝呼ばれた〟が、すぐに状況に適応していた。

マバロハーレイの索敵可能域ぎりぎりに、接近してくる虚空牙のフォルムが把握できる。数は二つ。

（……しかし、妙だな……？）

戦闘態勢に入りつつ、兵吾の頭にはかすかな疑念がちらとよぎる。

なにが妙なのか、自分でもよくわからなかったが、とにかく喉元に何かが引っかかっているような感覚がある。

しかし、それがなんなのか深く考えている余裕などない。

敵がみるみるうちに数億キロメートルという近距離にまで迫ってきている。

兵吾はナイトウォッチの、巨大な骨細工のような機体を大きくロールさせた。

一瞬前まで機体が占めていた空間を、虚空牙の波動撃が貫いていく。

至近弾の衝撃がマバロハーレイをがたがたと激しく揺さぶるが、しかし兵吾はもう、その程度では自分の機体はびくともしないことを知っている。

だから、特に撃ち返すこともせずに、そのまま突撃を続行する。

虚空牙はさらなる攻撃を加え続けてくる。

動き続けなければ、確実に直撃を喰らってしまう凄まじい連続攻撃だ。

だが、それらを数千キロメートルという紙一重《かみひとえ》に近い位置でかわしながらも、兵吾はやはり、

（……なにかおかしい）

と感じていた。

二体の敵のうちの残る一体は、マバロハーレイ以外のナイトウォッチが三機がかりで迎撃しているが、こっちも雨霰と攻撃を仕掛けている。ナイトウォッチ四機は、その弾幕に押されて有効射程に入ることができていないようだ。

(――だが)

兵吾はすぐに自分が対峙している敵の方に注意を戻す。マバロハーレイの動かし方を変えて、敵に回り込むように接近していた状態から、いきなり後退して、ジグザグに機動する。

虚空牙の砲撃が、その唐突なパターンの変化に付いていけずに射線を大きく逸らした。そして、そのほんの一ナノセカンドの隙が決定的なものになる。兵吾はすかさず、亜空間ブラスターを三発、目標にぶっ放した。強引な機動の最中の砲撃だったので、狙いがややぶれているが、その分を含めての三発である。

二発は逸れたが、一発が人型をしている虚空牙の左側にモロに入った。

虚空牙は左半身を吹っとばされて、錐揉《きりも》み状態になって戦闘空域から遥か彼方へと弾きとばされていった。

マバロハーレイも、無理のある体勢からの砲撃でバランスを崩しかけた。スピンが生じ始める。

立て直そうとした兵吾だったが、その必要はなかった。すかさず後ろについていたリーパクレキスが、マバロハーレイの機体をがっちり自分の武装腕《アームドアーム》で固定してくれたからだ。

〝――危ないわね、VL型シンパサイザーの有効感応域ぎりぎりよ。これ以上カプセル船から離されたら、戻ることができなくて永久に宇宙の迷子《まいご》よ〟

リーパクレキスのコアである景瀬観叉子の気配が伝わってきた。

（――ああ。気をつけるよ）

兵吾は心の中で返事をした。瞬間の狭間《はざま》で戦闘している以上、声など出せるだけの時間などないから、これで立派な〝通信〟にはなっている。システムの性質からいうと〝精神の共振〟という方が正しいのだが。

〝残る敵の迎撃に向かいましょう〟

（了解――）

マバロハーレイとリーパクレキスは並んで転進する。

（なあ、景瀬――なにか変な感じがしないか？）

兵吾はさっきから感じていることをリーパクレキスに告げた。

〝私は景瀬観叉子じゃないわ。それは安定装置の名前よ。その名前で呼ばないでくれる？〟

返事は棘《とげ》があるほどに、素っ気ない。

（いや、んなことはどーでもいいんだよ。そんなことよりも敵の動きが妙だと思わないか？）

〝——いつもと同じく、厳しいけど？〟

（そうなんだが——だが、なにか）

二体でしか襲ってこなかったり、射程外からの無茶苦茶《むちゃくちゃ》な砲撃といい——なんとなく、舐《な》められているような気がするのだ。しかしそれはこっちを侮《あなど》っているのではなく、別の——

〝敵との距離が詰まってきたわよ。展開する！〟

リーパクレキスがマバロハーレイから離れていき、気配も遠くなっていく。

肝心のことを言えなかったが、兵吾は仕方なく戦闘に集中することにした。

五機のナイトウォッチで一体を相手にする形になったが、それでもひたすらに弾幕ばかり張る敵を撃退するのには結構、手間取らされた。

＊

そして、兵吾はまた空気と大地のある世界に瞬時に戻った。

「……で、あるからして、この場合は助動詞ではなく——」

と、古文の、初老の教師がどこかけだるい授業を続けている学校の教室に引き戻されていた。

窓の外では、どんよりとした曇り空が広がっていて、今にも雨が降ってきそうだった。だが少なくとも、その空はからっぽの虚空ではなく、感触をともなう風が吹いている空間である。そういう幻なのだが、この中にいる限りではそれは現実だ。

ふう、とかすかに息を吐く。

やっぱり、三度目でも自分の身体が重さを持って座ったりしているのは安心する感覚であった。

だが、安堵《あんど》しながらも、兵吾の精神にはまだ、今の戦闘の残滓《ざんし》がへばりついていた。疑問がそのまま続いていた。

(虚空牙というのは——何千年間もの謎だから、どんな存在なのかはわからないにせよ……何を考えているんだろうか?)

戦ってきた感触では、とても知性のない存在とは思えない。確かに、人間並みかそれ以上の判断力と洞察力を持っている。

では何故、連中は絶対優位の立場にありながら、こっちを殲滅しないのだろうか?

(それぐらいは充分に可能なはずだ。こっちには何しろ逃げ道がないんだから。奴等にとっちゃ簡単なはずだ。なのに——なんでなんだ?)

考えはするが、しかしこっちの世界に戻ってきてからだと、どうにも現実感がない。もともと向こうの真空世界はとらえどころがなさすぎて、人間の精神では把握しきれないからこっちの世界があるのだから。

しかし、それでも兵吾の場合は両方の舞台に足を乗せているのだから、気にしないでいることもできない。

「——この場合の〝をかし〟は趣深いという意味で……」

けだるい授業はずっと続いているが、兵吾はほとんど聞いていなかった。


めんどくさくなってきたので、兵吾はその日の六限目の授業はサボることにした。頭が痛いのでと言ったら担任は意外と簡単に早退を認めてくれた。クラスで浮いていることなど教師は気づいていないから、彼のことを授業中に私語もしないで集中する優等生だと思いこんでいるのだ。まあ、悩み事があるという意味で〝頭が痛い〟のは確かだから、別にいいだろう、と兵吾は心の中でうそぶいた。

まだ頭の中では疑問がへばりついていたので、そこら辺をぶらぶらしながら考えようと思って、まっすぐ家には帰らずに、とりあえず寄り道を始めた。

たらたらと歩き続けていたら、いつのまにかそこに着いていた。

「…………」

その問題の場所、高層マンションを見上げる。

まだ入り口付近には警官が立っていて、周辺の空気はピリピリしている。

この場所で起きた強盗殺人事件はもちろん全国区のニュース沙汰になった。警備員が皆殺しにされて、人気漫画家の家に押し入って大暴れしたあげくに逃走したのだからこれで騒ぎにならない方がおかしい。

あの後、ヨンは「その辺はあまりいじれないのよ。現に人が死んじゃっているしね」と肩をすくめて彼に言った。これからあんたはどうするんだと訊くと、

「とりあえず姿をくらますわ。マスコミ対策って訳だけど、まあホントはあの〝青嶋磨之介〟から隠れるわけだけど。奴は私を狙っているでしょうからね」

「この世界から離れていることはできないのか？」

「ジャイロサイブレータのバックアップデータとして保存しておくとか？　残念ながら、私はこっちの世界で設定されているだけの存在だから、向こうには行けないのよ。あなたと違って行き来はできない」

「……よく、わかんねえな」

「システム全体的に見れば、あなたの方が私よりも上位の存在なのよ、圧倒的にね。すべてのものがあなたほど恵まれているわけではないのよ」

「……恵まれている、か」

「まあその分、責任もハンパじゃないけどさ」

ヨンはあははと笑った。

「まあ、いずれまた会うことになるでしょう。そのときは、もう少し楽しくやれるように祈っているわ」

別れ際のウインクはなかなかに魅力的だった。

……あれから一週間、事件はまったく進展していないようだ。とはいえ、妙ヶ谷幾乃のマンガそれ自体は休載にもなっていないし、強盗にあった漫画家というのが彼女であることも伏せられている。マンションに蟻《あり》がたかるように集まっていたマスコミ各社はさすがに引き揚げてしまっている。

一応、平穏は取り戻した、というところか。

（全然、平穏でもないけどな……）

兵吾は自分で思ったことに自分でつっこんだ。今にも彼は呼び出されるかも知れず、そして敗北したら、世界はすべて木っ端微塵だ。

彼はきびすを返し、マンションの前から離れてまた歩き出した。

なんとなく、駅前にある行きつけのラーメン屋の味噌ラーメンが恋しくなったので、そっちに向かうことにした。

腹が減るのも不思議といえば不思議なのだが、しかし歴然とその辺の感覚は事実を知ろうがどうしようが、まったく変わらない。そして幻影の食事でも食べなければやはり餓死《がし》してしまうはずだ。宇宙空間の〝本体〟の方は、たぶんナイトウォッチと接続しているパイプなどから栄養が血管や内臓に直接送られてきているのだろう。それとも体内にエネルギーパックでも埋め込まれているのか。どっちにしてもぞっとしない。

そういう意味では、まぎれもなく精神的な〝安定装置〟としての機能は果たしているのだ。

なんだか癪《しゃく》に障るが、あの味噌ラーメンが食えるのならば認めざるを得ない。

虚空牙の目的、という宇宙規模のことと味噌ラーメンのスープの喉越しという二つのことを考えながら、兵吾は人通りの多い商店街のアーケードの中に入っていった。

(――おや、あれは)

彼は喫茶店の前にいる二人の男女に目を留めた。それはあのバスケ部の根津と、そして景瀬観叉子だった。

(あいつら、本当に付き合いだしたのかな……ま、どうでもいいか)

兵吾は構わずに、ラーメン屋の暖簾《のれん》をくぐった。

「あら、工藤ちゃんいらっしゃい!」

もう顔なじみの女将《おかみ》さんが声をかけてくれる。

「味噌ラーメンひとつ」

「はい、いつものね!」

兵吾はいつもなら手に取るマンガ雑誌は今回はやめといて、奥のテーブル席に座ってまた考えごとに移った。

少し経ってから、店のドアがからからと開いて新しい客が入ってきた。割と珍しい、女子学生の一人客である。

景瀬観叉子だった。

「――どうも、工藤くん」

景瀬はまっすぐに、目を丸くしている兵吾のテーブルに来て、向かい側に座った。

「……根津さんはどうした？」

「今、別れてきたわ。――ああ、いや別に、そういう意味じゃなくて、ただお互いに帰り道についた、ということよ」

景瀬はかすかに笑みを浮かべながら言った。

「……デートでもしてたんだろう？　送ってもらえよ」

「そのつもりだったけど、あなたがいたからね、工藤兵吾くん」

「どういう意味だ？」

「あなた、私に話があるんでしょう？　〝向こう〟で話しかけていたわよね」

そのとき、女将さんが「はいお待ちどう」と言って味噌ラーメンを持ってきた。

「工藤ちゃん、いいの？　浮気なんかして。聡美ちゃんに言いつけるわよ」

と、からかわれる。この店には何度か聡美と一緒に来たことがあるのだ。

「そんなんじゃない。こっちは先輩の彼女なんですよ」

兵吾はふてくされたように言った。

「あら、じゃあ不倫カップルってワケ？　大変だわそりゃ！」

女将さんはけたけたと笑った。景瀬も微笑んで、彼女はつけ麵を注文した。

「――でも、別に根津先輩とは付き合っているってわけじゃないのよ」

女将さんが離れてから、景瀬は冷たい口調で付け加えた。

「ただ、同じクラブの人ってだけ。今日も今度の練習試合の打ち合わせよ」

「……根津さんも苦労するな」

兵吾はラーメンをすすり込みながら言った。やはりうまい、と心の中で深くうなずく。

「……で？　用は何」

景瀬は声のトーンを落として訊いてきた。

「……ああ」

兵吾も、すこし箸《はし》を止めた。

「虚空牙《てき》のことだ」

「らしいわね。なにか気にかかることがあるの？」

「俺はまだ、三回しか戦っていないから、なんとも言えないが……どうにも妙だと思わないか？」

「なにが?」

「どうして俺たちは生き延びていられるんだ?」

「どういう意味?」

景瀬は怪訝《けげん》そうな顔になった。

「虚空牙は強い」

「それは知ってるわよ」

「強すぎる。俺たちはどう転んでも勝てないはずだ。なのに、俺たちはまだ生きている。どうしてだ?」

「私たちが守っているから、でしょう? 少なくともこのカプセル船はね。他のカプセル船や、故郷《マンホーム》の方ではどうなっているか、わからないけどね——」

「いや、そんな次元ではないような気がする……向こうは何というか〝手を抜いている〟そんな気がしてならない。そう思ったことはないか?」

するとと、景瀬は「ふん」と鼻でかるく笑った。

「それは何、嫌味のつもりかしら?」

意外なことを言われて、兵吾はぽかんとした。

「……なんだって?」

「〝向こうは本気じゃない〟なんて、それは自分が何体も撃墜しているから、そんな風に思うわけかしら？　優秀だものね、あなたは」

「そ、そんなんじゃなくて……！」

兵吾が反論しようとしたそのとき、女将さんが景瀬の頼んだつけ麵を持ってきた。

「はいお待ちどうさん」

「どうも」

景瀬はテーブルの上に置かれたそれを食べ始めた。的確な量の麵をつまみ、汁には漬けすぎず、口に入れれば一気に啜《すす》り込みと、なかなかおいしそうに食べる。通、という感じだ。

「…………」

兵吾はなんとなく、言いかけた言葉を続けられずに押し黙った。

仕方なく、味噌ラーメンの残りをずるずると啜った。

やがて景瀬は箸をとめて、ぽつりと言った。

「例外よ、あなたは。これは本当に」

それはひどく寂しげにも聞こえる言い方だったので、兵吾は「む」と眉を寄せた。

そういえば……ヨンが言っていた。

〝景瀬観叉子には問題がある〟と。

それは一体、どういうことなのだろうか。

「おまえはヨンと会ってるのか?」

「誰、それ」

「正式にはｆｓ４，０２５とか言ってたが」

「ああ、ジャイロサイブレータの端末か。似たようなのには会ったことがあるわよ、もちろん。でもあなたと私とでは、向こうの態度はずいぶん違っているんじゃないかしら?」

　ニヤリと笑った。

「……なんか、あるのか?」

　訊いていいことなのかどうかわからなかったが、とにかく質問しないと話が先に進まないので、兵吾はおずおずと言ってみた。

「私は落ちこぼれなのよ」

　景瀬はさらりと言った。

「ナイトウォッチのコアとしても、景瀬観叉子という少女としても、ね」

「……なんのことだ?」

　リーパクレキスは、確かにマバロハーレイの援護があったとして、それでも虚空牙を何体か撃墜しているではないか。

　景瀬観叉子の方も……こうして目の前に座っている女の子が、何から落ちこぼれているというのか?　この少女は、彼がこう言うのもなんだが……

「——だって、おまえは、その……綺麗じゃんか」

ぼそぼそとした口調で言った。すると景瀬はかすかに笑みを浮かべた。

「そういうことは、槇村聡美さん？　その娘に言ってあげなさいよ」

思わず口に入れかけていたラーメンを吹いてしまった。

「——な、なんであいつのこと知ってんだよ？」

「だって——」

くすくす笑っている。

「私のクラスにも〝景瀬さんはどうしているか〟とか訊きに来てたし、根津先輩のところにも行ったらしいし」

「——何を言ったんだ、あいつ」

「なんだか知らないけど〝彼に悪気はないんです〟って謝られたって」

兵吾は額を指で押さえた。

「……なにやってんだか、あいつは……。相手が根津さんだったからよかったようなものの……」

「可愛いじゃない。彼女、あなたのことが心配なのよ」

「俺の方が、あいつのことを〝何しでかすか〟って心配になってきたよ」

ぼやくように言うと、また景瀬はくすくすと笑った。

「羨《うらや》ましいわね、まったく——」

「でも、別にそんな関係じゃねーんだぜ、本当に」

あわて気味に弁解してしまった。

「そういう関係になりたい、って言ってるように聞こえるわよ」

景瀬に悪戯っぽく言われて、兵吾はもごもごと口ごもった。

「顔が真っ赤よ。素直な性格ね」

「——話を逸らしているのかよ？　今していたのは、おまえが落ちこぼれって話だろ」

なんだか腹立たしいので、ついそういうことを言ってしまう。ところがこれに景瀬が、

「いいえ、そんなつもりはないわ」

と即座に、冷たい声で返答したので、兵吾はまたあわてた。

「い、いや別に無理に言わなくてもいいんだぜ」

相手が女の子だと、どうも調子が狂う。

しかし景瀬はそんな兵吾には取り合わず、食事を続ける。

つけ麵の、最後の一口を食べてしまうと、彼女はコップの水を飲んで立ち上がった。

「——さて、それじゃあ行きましょうか」

「は？　どこに？」

兵吾は目をしばたいた。

「もちろん、私の〝理由〟を見せるための場所によ。それにふさわしい〝二つのものをつなぐ場所〟に、ね」

「ま、待ってくれよ」

兵吾は急いで、まだどんぶりの中に残っていた味噌ラーメンのスープを飲み干す。

勘定《かんじょう》を割り勘で精算して、二人はラーメン屋を出た。

外はもう、すっかり暗くなっている。

2.

「なあ〝理由〟ってのはなんなんだよ？」

混乱を隠せない兵吾が訊《たず》ねても、景瀬は答えない。

「…………」

「なあ、俺が気に障ることをしたならあやまるからよ。意地になっているんだったら――」

と兵吾が弱気な発言をしても、景瀬は黙って歩くだけだ。

平然と歩いていく、その神経が兵吾には理解できない。

何故なら――足元には鉄骨が一本あって、その上に乗っているのだが――それ以外、彼女の脚周りには何もないのだった。

風がびょうびょうと吹いているだけだ。

「うう……」

兵吾はおそるおそる下を見る。

下の水面までは二十メートルぐらいはありそうだ。

ここは河の上を通る、橋の上だ。

「ううう……」

ただしこの橋にはいわゆる〝床〟がなくて骨組みだけなのだ。どうやら昔は電車が走っていたらしいのだが、向こうの方に同じような、しかしもっと新しく立派な橋があるところを見ると、こっちはもう使いものにならなくなって、かつ、急行かなにかのコースに合わせたようで別の所に新しいヤツが作られた、ということらしい。

ここは今、取り壊されている途中であり、たぶん一ヶ月後には跡形もないのではないだろうか。工事中の札がかかっていて閉鎖されていたのだが、景瀬はそれを簡単に破ってしまって（女子学生の鞄にニッパーやらヤットコが常備されているのを見たときはさすがに驚いた）兵吾の制止も聞かずに入り込んでいってしまったのである。

街の方にはもう太陽の光は届かず、遠くに見える繁華街のネオンがすでに目立ち始めていた。

しかし河の下流方向はそのまま日が沈んでいく水平線になっているため、最後の明かりがこの橋だった残骸に赤い光を投げかけてきている。

その頼りない、しかし尖った光線を浴びながら、景瀬観叉子は鉄骨の上を綱渡りもかくやというペースで、自信たっぷりに歩いていく。

「――お、おい」

兵吾も仕方なく追いかけるが、どうしてもへっぴり腰になってしまう。

そして橋の中央まで来たところで、やっと景瀬は停まった。

そして兵吾の方を振り向く。

「――さて、話の続きをしましょうか」

景瀬の顔は、色濃い影と夕陽の朱にまぎれて、その表情がよくわからない。

「……も、戻ろうぜ、おい」

兵吾が震える声で言うと、景瀬はくすくすと笑った。

「怖いの?」

「……ああ、怖いよ。それに危ないだろうが」

兵吾は意地を張ることなく、素直に弱音を吐いた。

「それはしょうがないわ。だって世界というものはいつだって危ないし、ぎりぎりのところに立っている怖い存在なのだから」

景瀬は肩をすくめながら、よくわからないことを言った。

「…………」

兵吾は、ずっと気になっていた。

この景瀬観叉子は、そしてナイトウォッチ〝リープクレキス〟は何かがおかしい。

一番最初に、戦闘に叩き込まれたときは無論、まだ何もわからなかったからその奇妙さに気がつく余裕はなかったが、しかし事態を把握し始めている今から思うと、そもそも安定装置のはずの景瀬観叉子がナイトウォッチのことを知っているということ、それ自体が異常だ。

なにしろ真空世界に精神が耐えられないから、普通の人間としての生活を造り上げているのだから。それが最初から向こうのことを知っていたり、向こうと接触が取れたりしてしまっては意味がない。

なのに、この少女はその無意味を平然と生きているのだ。

どうして——と考えて、兵吾ははっとなった。

「……おまえ、もしかして——」

兵吾は、この少女の落ちつきぶりや、そのすべてを見透かしたような眼を見つめながら呟いた。

「まさか〝景瀬観叉子という名で呼ぶな〟ってリープクレキスの方が、むきになって言ったのは……」

すると景瀬観叉子は「ふふ」と笑った。

「察しがいいわね——さすが人類史上でも有数の〝戦闘の天才〟だけのことはあるわ」

「おまえ——おまえの方がまさか……」

「そうよ。私はあなたの逆——もっとも、あなたの方はやむなくだったけど、私の方は、そう……〝依願退職〟というところかしら？」

「おまえの方こそが〝リーパクレキス〟なのか？」

ナイトウォッチのコア。あの戦闘機械の制御システムだった、その当の精神——

「じ、じゃあその……真空宇宙《あっちがわ》の方にいるのが本当の景瀬なのか？」

この〝地に足の着いた世界〟に生まれて、育ったはずのごく普通の少女〝景瀬観叉子〟の方が今、あの巨大骨細工のような兵器を動かして虚空牙と戦っているのか？

操縦士と安定装置、この二つの精神が入れ替わっている——のか？

「そういうこと。あなたみたいに向こうが死んだから、一方がどっちもやらなくてはならなくなった訳じゃなくて、ね」

景瀬は心許《こころもと》ない足場の上で、かすかに左右に揺れている。

「ど——どうして？」

兵吾は混乱の極みで、頭がぐらぐらしてきた。

「まったく、機械ってのはどうしようもない馬鹿よね。そう思わない？」

景瀬は、風に吹かれて、その細い身体が大きく揺れている。

危ない、落ちる——と思って兵吾は彼女に手を伸ばそうとした。

だが実際に揺れていたのは、兵吾の方だったのだ。目が回っていて、自分と景瀬の揺れの区別がつかなかったのである。

わっ、と思ったときにはもう遅かった。

兵吾は足を踏み外して、下に真っ逆様に転落して——

3.

『——E58003シークエンスまで完了。引き続きシナプス整備処理を続行します。走査範囲は胸部00138から——』

頭の中で、ナビゲーションの声が反響していた。

そして自分がどこにいるのか、その周囲は真っ暗で何も見えない。

ちょうど部屋の電気をいきなり消されたときのように、闇が唐突に襲いかかってきて、一瞬なにがなんだかわからなくなる。

〝——どうかしたの？　何のノイズ？〟

と、聞こえてくる声と伝わる気配は景瀬観叉子のものだ。しかし相変わらず外界とは意識がつながらない。

（なんだこりゃ――呼ばれたのか？　それにしては何も視えないぞ？）

身体にも感覚がない。兵吾は狼狽《ろうばい》して心の中で声を上げた。すると景瀬の気配がまた伝わってきた。

〃なによあなた、戻ったんじゃないの？　もうあんたの身体は戦闘後の調整モードに入っているのよ。VL型シンパサイザーを切られているから何も視えるわけないでしょうが〃

（どういうことだ？）

（それはこっちが訊きたいわよ――ああ、なるほど。説明は受けたわ。向こうであなた、生命危機を感じている状態になったんで、保護システムが働いて、こっちに来たわけね）

景瀬は――いや、ナイトウォッチ〈リーパクレキス〉のコアは納得したらしい。うなずくような気配が伝わってきた。

（おまえは――向こうと話せる訳か？）

今も、どうやら兵吾が橋の上から落ちかけていることをあっちの景瀬に訊いたようだった。

〃そういうことね。接続されているわ〃

（い、いやそれよりも――おまえの方が、本当に〈景瀬観叉子〉なのかよ？）

兵吾はどうしても訊かずにはおれなかった。

〝……その呼び方はするな、って言ったはずよ。それに、もう違うわ〟

もう、という言葉に、既に取り返しがつくものではない、という冷徹さを感じて兵吾は身体の感覚もないのに、ぞくり、ときた。

(……な、なんでそんなことになったんだ？)

〝表面的な理由だけを言えば、私が手首を切ったからでしょうね〟

あっさりと言われたので、一瞬意味が把握できない。

(……え？)

あうあう、と呻くような意味のない思考を経た後、やっと兵吾は質問できた。

(――じ、自殺したのか？)

〝そうよ。成功しなかったけどね〟

(な……なんで？　なんかあったのかよ？)

〝そっちが納得しやすいような意味では、理由はないわ〟

少女の気配は突き放したように告げた。

(……理由がない、って――たとえばいじめられていた、とか。親ともめていた、とか……失恋とか)

兵吾は言いながらも、なんか意味のないことを言っている、そんな気がしていた。

こいつは少なくとも、絶対真空で虚空牙と戦えるだけの精神力を持っている存在なのだ。

いま彼が挙げたような理由で、おめおめと死ぬとは思えない。いやそれを言うならば、他の、自殺する人間というのは、ほんとうにそういう世間的にわかりやすい理由で死んでいるのだろうか？

兵吾にはわからなかった。

リーパクレキスの……〝元〟景瀬観叉子の微笑むような感触が伝わってきた。

〝もしも失恋が原因だとしたら……私は本当に悲しくて、それで死のうとしたのかしらね？〟

（……わからねえよ）

兵吾は正直に言った。

また笑う気配。

〝素直な性格ね〟

（向こうにもそう言われたよ）

〝でも、あなたにだって本当は見当が付いているんじゃないかしら？〟

この言葉に、兵吾は少し黙り込む。

〝機械にも、困ったものだと思わない？　世界を再現すればいいなんて、あまりにも安直というものだわ。まるで苦痛や恐怖が絶対真空にしかないみたいな、すごく能天気な発想……〟

少女の気配はせせら笑うような調子だった。

（……しかし、現にそういうものなんだから仕方ないだろう――）

兵吾は絞り出すように言う。

生きるということは、どうやらそういうことだ。

どこにいたって、辛いことはある。この少女がどうして自殺しようとまで思い詰めていたのか、そんなことはどうでもいいことだった。死にたくなる理由、そんなものは誰にだってあるのだ。

〝そりゃあ、あなたが強い人間だから、そんな風に思えるのよ〟

（どっちにしたって、まともに地面の上に立っていないと人間はおかしくなる。薬漬けになると廃人になっちまうようなものだ）

〝私は、向こうでは充分におかしくなっちまってたわよ。何もかもがみんな汚らしいもののような気がして、特に自分が一番ぐちゃぐちゃに汚れているような気がしてしょうがなかった。身体の中が腐っているみたいな感じだった。すごく怖かった。ほんとうに怖かったのよ。だからここにきて、ああ、こんなに汚れも何もない空っぽの場所があるなんて、ってとても嬉しかったわ〟

（――なんだそりゃ）

兵吾はうんざりした。理解できなかったが、しかしはっきりしているのはこの〈景瀬観叉子〉が本気で言っているらしいことだ。

〝後悔はしていないわ。私は、本来こっちの人間で、向こうには予備でいただけだもの。私は本来の場所に戻ったというだけ〟

（本来の場所、だと――馬鹿馬鹿しい。そんなものが都合よくあるものか）

兵吾はなんだかムカッ腹が立ってきた。

もしも安定装置の方が自殺しようとしたら、そのときは今、兵吾の身に起こっているように、保護システムが働いて貴重なナイトウォッチ・コアの精神が死なないように緊急でどっちかに移されるのだろう。そのときに元のリーパクレキスのコアと、この景瀬観叉子は接触を持って、そして取引をしたのだ。

お互いの立場を入れ替えよう、と。

なんでそんなことをしたのか、景瀬観叉子の方は、なんとなくその理由がわかったが、しかし――

〝でもあなたの方だって、そうじゃないかしら？　マバロハーレイ〟

（――どういう意味だ）

〝あなたの、その素晴らしい戦士としての才能は向こうの世界ではほとんど役に立たないじゃないの。でもこっちなら、あなたは人類の守護者なのよ〟

（…………）

〃そして、どうやら元のマバロハーレイはそうではなかった。あいつは戦場の恐怖と至近弾の衝撃に押し潰されて、精神が破壊されてしまった。予備にすぎなかった、素人のはずのあなたの方が遥かに優れている――違う？〃

少女の気配は冷静に事実を告げてきた。

これには、確かに反論の余地がなかったが、しかし兵吾はそれでもこの意見に不愉快さを感じずにはおれなかった。

（――おまえの方はわからんだろうが。リーパクレキスの才能は、おまえと変わらないかも知れない）

〃今は私が〈リーパクレキス〉よ。向こうが景瀬観叉子。間違えないでもらいたいわね〃

ふん、と鼻を鳴らすような感触が伝わってきた。

〃だいたい、今のマバロハーレイは、まともなコアがいないせいで、私が代わりに管制制御を兼任してやってるんだから。あんまり大きな口の叩ける立場じゃないのよ〃

なるほど、と兵吾はやっと納得した。道理ですべての感覚が切られながらも、この少女とだけは話ができるわけだ。今の兵吾はいうならば、彼女の精神に間借りしているような状態なのである。

（――それは悪かったよ）

兵吾は素直に詫びた。確かに――今の彼はどっちの世界でも半端《はんぱ》な立場にいるようだ。

どちらでも、自分が望んでいるような位置にはいない。行くことができない。これでは自分の意志で居場所を選択したこの少女よりも主体性のない存在ではないか。

急に自分がみじめな人間に思えてきた。

するとまた、笑われる感触。

〝なんだか張り合いがないわね。わざと喧嘩でもしようって思ったのに〟

(いや——考えてみれば、最初のあのとき、あんたは俺の生命の恩人だったんだな。礼を言わなきゃならなかったんだ。ありがとう)

〝……唐突ねえ？　まあいいわ。どういたしまして〟

(この借りは必ず返すよ)

〝へえ？　どんな風に？〟

少女の面白がっているような気配が伝わってきた。

(どうにかして、だ——)

と兵吾が言ったその瞬間、また意識が、ばしっ、とスイッチを切ったようになって、そして——

——気がつくと、兵吾はぶら下がっている自分を感じていた。

橋から落ちて、ぶらぶらと揺れている。それをつなぎとめているのは、彼の左手をしっかりと握っている景瀬観叉子の両手だった。彼女は橋の鉄骨に腰を下ろし、両脚で挟み込んで身体をがっちりと固定していた。

「——あ」

「懸垂《けんすい》ぐらいはできるんでしょう？　さっさと昇ってきてよ——」

さすがに力を込めていて、声は噛み潰した奥歯の隙間からもれるようであった。

「あ、ああ——」

兵吾はあわてて、鉄骨の上によじ登った。

やはり、向こうとこっちでは時間の経ち方が一致していない。どっちの方が早くて、どっちが遅いという規定はなく、完全にばらばらだ。夢の中では数時間も経っているような気がしても一分足らずだったり、一瞬しか眠っていない感じなのに、実際には十時間も眠っていたというような、ああいう感覚だ。

「どうして時間の流れ方が滅茶苦茶なんだ？」

「そのへんは、相剋渦動励振原理に照らし合わせれば簡単なことよ」

「……だから、わからねーよ」

兵吾はぼやきながら、頭を横に振った。

だがひとつはっきりしていることがある。

時間の流れそのものはズレているのだが、しかしそれは決して逆行しない。

どっちかに飛ばされて、そして戻ってきたときには、たとえ一瞬であっても必ず時間が過ぎている。一時停止はできても、流れてしまったものを取り返すことはできないのだろう。

「どうだった？　わかったかしら」

景瀬が訊いてきた。

いや……景瀬観叉子ではなく、リーパクレキス——か？　まったく混乱する。

（見た目は景瀬なんだから、景瀬でいい！）

心の中で自分に言い聞かせた。

「……ああ。向こうの景瀬から説明された」

「彼女、手厳しいでしょう？」

にやにやしながら言われた。

（どっちもどっちだよ——）

内心でぼやいた。

「でも、説明を受けたなら——もうひとつ疑問ができたんじゃないの」

訊かれて、兵吾はため息をつくしかない。

「——まあな」

どうして、リーパクレキスの方は景瀬観叉子と精神を交換しようと思ったのか？

「ミサちゃんは——ああ、私は、もう一人の私のことをそう呼んでいるんだけど——彼女はこの世界と、そこにいる自分が嫌いだったわけね。では、私の方はどうなのか。なぜ私は、私が生まれた時代と比べてほとんど〝原始時代〟としかいいようのないこんな世界に、既得権の多い立場を変えてまでやってきたのか——何故だかわかるかしら?」

「……いいから戻ろうぜ。いつまでもこんな橋の上にいると、本当に落ちそうだ」

兵吾は首を振りながら言った。

別にその答えを知りたいとは思わなかった。

だが景瀬は微笑みながら、言葉を続けた。

「私はあなたが——〝マバロハーレイ〟がうらやましい」

「…………」

「工藤兵吾ではなく、その前のマバロハーレイが、ほんとうにうらやましい……」

どこか遠くを見つめるような目つきで、かつては超兵器だった少女は囁くように言った。

「その理由がわかるかしら?」

「……いいから、戻ってなんか飲もう。喉が渇いてきた」

兵吾は不機嫌そうに顔をゆがめながら言った。

「その理由は、もうあなたには薄々わかっているわよね」

向こう側の景瀬観叉子と、同じことを言う。

「………」

「あの〝戦場〟を一瞬でも経験したあなたには、もう理解できる感覚のはずだわ。あそこで戦い続けるということが、どういうことなのか」

「………」

「確かに能力はある。素《そ》質《しつ》もある。だから最初にコアとして選ばれたんだから。そして別に、戦うことが怖いわけでもない。恐怖は、むしろ緊張感となって戦闘には必要でもあるしね。問題はそんなところではない――」

景瀬は淡々と喋っている。兵吾は苦虫を噛み潰したような顔をしている。

「あの、どうしようもない〝からっぽ〟の中にいて、それを考えないでいることは極めて難しい――違うかしら?」

「……俺はまだ初心者だよ」

「しかし、おそらくは他の誰よりもそのことを実感している。だから、最初の戦闘の時に、あんなに馴染んでいたのに、またすぐに〝こっちの世界〟に戻って来てしまった。戦士の本能が危機を避けたのね、きっと。新しい安定装置を付ければいいと計画していたジャイロサイブレータは、さぞ困ったでしょうね……まあ、私には予測できたけど」

薄い笑いを、頬に貼り付けるようにしながら景瀬は語り続ける。

「………」

兵吾はそんな彼女から目を逸らした。もう周囲はすっかり暗く、夕暮れというよりも、夜になっていた。

「あの空っぽを前にしていると、どうしてもこういうことを考えてしまう――〝なんで存在などということがあるんだろうか。世界はこんなにも何処《どこ》までも果てしなく空っぽなのに、存在なんて、なんの意味があるっていうんだろう?〟って――」

「…………」

「覚悟の上で来たはずのそこなのに、あまりにも身も蓋《ふた》もないほどの〝現実〟に何もかもがどうでもよくなってしまう――こういうとまるでこっちの世界の話みたいだけど、でも正《まさ》しくその通りよね。そして虚空牙と激しい戦闘を行っているその最中に、ついこんなことを考えてしまうときが来る――」

「…………」

「〝ああ、ここでちょっとだけ回避行動を遅らせれば、それでもう自分もからっぽになれる〟――って」

「…………」

「楽になれる、というのとは少し違う――ただ周り中なんにもない中で、自分だけが存在しているということは、それ自体がどうしようもない重荷だわ。〝こんなものは投げ出してしまいたい、人類の運命? そんなものは所詮《しょせん》、この圧倒的な虚空の前にはほんとうにちっぽけなものに過ぎないじゃないか〟って、ね――」

「…………」

「そして何よりも困ったことに、そのことに対して反証することができない。確かに虚空は圧倒的で、人類の存在だの積み上げてきた歴史だの受け継がれてきた人々の想いだのは、その前にはちっぽけなものでしかない。でもナイトウォッチのコアはそれから逃げることができない。ストレスなら機械が分解してくれる。孤独感なら、無意識の中では別の世界で生活していることで埋め合わせられる。希望がないことも、可能性はあるとごまかせる。でも――〝事実〟はどうしようもない。どんなうまい嘘も通用しない、底無しの現実の前には、ね」

「…………」

「でも――そんな現実そのものが嫌いであれば、それだけで〝戦う理由〟にはなる。ミサちゃんにはそれがある。どんなに空っぽでも、現実よりはマシだ――彼女はそう思っている。少女らしい、夢想的な潔癖性というところかしら？　でもそれで、実際に彼女はそれを武器にして、宇宙で戦っている。私よりも、彼女の方が向いている」

「……ふさわしい者に譲ったのであって、自分は逃げていない、とでも言うつもりかよ」

「ああ、そんなことはないわ。確かに私は肩の荷が下りて、ほっとしている。それも事実だわ」

景瀬は顔の表情をゆるめた。

「そして、マバロハーレイがうらやましいのも事実だわ。あいつは、自分だけ楽になって、そしてそれでいて次には自分よりも優れた者を代わりにすることができた。使命を果たして、そして解放もされた。まったく――こんなうまい話があるか、って感じよね」

肩をすくめる景瀬に、兵吾は訊いてみた。

「――もしも、向こうの景瀬が恐怖でイカれたりしたときは、やっぱり」

「私が即座に戻る、そういうことでしょうね。でもその心配はないかもね。あの娘は大したものよ。きっと最後までやり遂げるわ。そして私はここで生き続けて、寿命で死ぬのよ。そうしたらリーパクレキスは次の安定装置にスイッチすることになるわね――でも、ああ、それが今から待ち遠しいわね――空っぽになってもいい日が来るのが楽しみだわ」

うっとりとした調子である。兵吾はひどく疲れてきた。

馬鹿馬鹿しい、と思おうとした。

「……結局、おまえたちはただの自殺志願者なんじゃねーか？」

吐き捨てるように言うと、また景瀬は笑った。

「だといいわね、工藤くん」

その言い方には、皮肉も何もなかった。

「…………」

兵吾は反論しなかった。

だが——心の中でどうしようもなく引っかかることがあった。

これまで努めて考えないようにしてきたが、この二人の景瀬観叉子たちと話していると、どうしても〝そのこと〟が頭に浮かんできてしょうがないのだった。

もしも——彼が最初からすべてを知っていて、そしてナイトウォッチのコアとなるかどうかを自由に選択できたとしたら、自分は一体どうしていただろうか、ということを。

黙り込んだ彼に、景瀬は優しい調子で今度は微笑んできた。

「——ああ、そんなに真面目に考え込まないでよ。なにか飲むんでしょう？　奢るわよ」

景瀬は橋の上に立ち上がった。

「うん——」

兵吾は煮え切らない返事をしながら、自分も立ち上がる。

こっちの景瀬観叉子と、向こうの景瀬観叉子と。

その二つの存在は、実に象徴的だった。

この二つを隔てるものは一体なんだろうか？

一方は、自分も含めたすべてを嫌うが故に、現実に逆らうために戦いに飛び込んでいく。

一方はその戦うことに疲れて、飽きて、心を空虚に支配されて消滅を望んでいる。

そしてどっちも人間なのだ。機械ではない。

兵吾はさっきまでは〝虚空牙は何を考えているのか〟と悩んでいたが、しかしわからないのはむしろ、自分も含めた人間の方なのではないだろうか――と思い始めていた。

そう、もしも平凡な学生に過ぎない工藤兵吾がすべてを知らされて、その上で虚空の戦場に行くかと訊かれていたとしたら、自分は恐怖で逃げ出しただろうか？

それとも――クラスから無視されたり、野球部の先輩たちに敵視されたりする、このムシャクシャする現実から逃避するために、戦うことに憧《あこが》れて自ら飛び込んでいっただろうか？ そう、かつて自らの命を絶とうとしていた少女、景瀬観叉子のように。

戦いたがっているのは、虚空牙なのか、それともその虚空牙がいるとわかっていながらも、宇宙にそれでも出ようとしている人間なのか？

このふたつの認識を隔てる境界はあるのか。それともこれは同じことなのか？

もしも、虚空牙が手加減しているというのならば――

(あるいは敵の方こそが、こんなことをずっと考えているからじゃないだろうか……)

兵吾は、足元のおぼつかぬ鉄骨の上を、よたよたしながら景瀬観叉子の後をついて、歩いていく。

夜に覆われた周囲は真っ暗だ。

今にも落ちそうで、でも前に進まざるを得ないこの状態が、なんだかすべてを象徴しているような気がして仕方がなかった。

4.

「――れた」

がくん、と前を歩いている景瀬観叉子の身体が橋の上でひきつった。

そして、ずるっ、と狭い足場から足を踏み外した。

「――わっ⁉」

兵吾はあわてて彼女にしがみついて、その墜落を止めた。だが景瀬は、その身体はなおもびくんびくんと跳ねて、兵吾の保護から飛び出しそうになる。顔には表情がなく、その口からは、雑音のようなものがずっと洩れ続けている。

「――れた、れた、れたられたられたやられ――」

昼自体は動かずに、半開きのところから音だけが流れ出していた。

「――れた、られた、やられた――撃《や》られ、た――」

「お、おいどうした？　しっかりしろ！」

まさか、これは安定装置とコアが直接つながっている〝リーパクレキス〟に何かが――

と思ったそのときだった。

兵吾の頭の中でなにかが開いていく感覚があった。だが今は、景瀬観叉子が橋の上から転落するかも知れないという、そういう瞬間なのである。

（——お、おい待てよ！　よりによって、こんなときに——）

そして一瞬にして周囲の世界が飛び散っていき、代わりに広がるのは絶対真空の底無しで、そして——

衝撃と眩惑《げんわく》が、同時に来た。

間際を視る

by gap

1.

（……なんなんだろ、この感じ……）

槇村聡美は、ときどき奇妙な気がすることがある。

彼女はごく普通の、よくいる女子学生である。団地住まいで、両親ともに健在で、公立の学校に通っていて、成績はやや良好だが、取り立てて優等生というわけでもない。学校生活には多少トラブルの種を抱えてはいるが、一応平穏無事に日々を過ごしている。今好きなタレントは、頑張っているイメージのあるティーンエイジャーの女性歌手で、男のアイドルグループなどよりもそういう方に魅力を感じる。もちろん綺麗な顔とスタイルの男の子が嫌いなわけでもない。そういうテレビも毎週観てはいる。

彼女がこのところ気になって仕方がないのは、同じ団地に住んでいる幼なじみの少年、工藤兵吾のことだ。そもそもの話は、彼女が野球部の先輩が数人がかりで、一人の下級生に対してリンチまがいのことをしているところに通りかかって「ひどいと思います！」と口出ししたことから喧嘩になってしまい、それを兵吾がかばってくれたことで彼と野球部の仲が険悪になってしまった、というものである。兵吾はスポーツが得意で、特に野球は昔からやっていたので、当然この学校に入ったときも野球部に入ろうとしていたに違いない。でもそういうトラブルがあったので、兵吾は結局、どこの運動部にも入りそびれてしまった。

そのことが、ずっと気になってしまって、彼女としては兵吾に謝りたいのだが、でも本人はその話題を出そうとすると「んなこたどーでもいいだろうが。あんなろくでなしどものいる部に入らなくてよかったよ」と冷たく突き放すだけなのだ。

その態度がすこし寂しいし、腹立たしくもあるし、それにやっぱり、とても申し訳ない。

それで気になって、もしかすると心の奥底ではそれだけではないのかも知れないが、兵吾のことを気がつくと考えていたり、教室の窓から校庭にいる彼を見かけると、つい目で追ってしまったりするようになった。これを友達の美津子《みつこ》に言うと笑われて「初々《ういうい》しいねえ、聡美は！」とか言われてしまうのだが。

そして、最近の兵吾はなんだかおかしい。

美人というか、澄ました感じで学校でも噂の景瀬観叉子に手紙をもらったり、それが縁で有名人のバスケ部の根津先輩と知り合いになったり、その辺はまあいいのだが、なんだかぼんやりとして考え込んでいることが多くなった。

自分では頼りなくて相談相手にはなれないから、と知り合いに紹介したりしたら、その知り合いは強盗殺人事件騒ぎで引っ越してしまったりとなんだかバタバタするばかりで、結局のところ聡美は、自分は彼の迷惑にしかなっていないんじゃないかと不安になる。

そして、それだけではないのだ。

(……なんなんだろう?)

最近、彼女は突然へんな感覚にとらわれることがある。

自分が、自分でないみたいな気がするのだ。

自分としては、自分が思っているように行動しているつもりなのだが、なんだかそれがすべて前にあったことをなぞっているだけだったり、他のところから命じられたことをそのまましているような、そんな気がしてならないのである。

自分の意志で生きていない、ただ周りに流されているだけ、そう思えて仕方がなくて、とても不安になるのだった。最近読んで、面白いと思ったジュニア向けの小説には、人の死が視えるという能力を持っていたが故に、世界中を敵に回す羽目になってしまった少女が、どこからともなく現れた黒マントの死神と対決するという奇妙な話があり、そういうものを何故か気に入ってしまう。

(なんで、こんなに……そう、なんでこんなに怖いんだろう?)

不安になると、彼女は兵吾に会いたくなる。

幼なじみだし、家は同じ団地だし、おまけに学校も一緒なのだから会おうと思えばいつでも会えるはずなのだが、なんだか最近は、なかなか会いに行ったりすることができない……ような気がする。

それでもその日は、意を決して（そう、なんだか気負わないと会えない感じなのだ）学校の授業が終わると、兵吾が来るのを校門の所で待っていたのだが、いつまで経っても全然姿を現さない。

途中で例の景瀬観叉子と根津先輩が一緒に帰るところに出くわして、どうも、などとよくわからない挨拶を交わしたぐらいで、彼女はずっと黙って兵吾を待っていたが、さすがに三十分ぐらいで引き返して、下駄箱を見るともう空っぽだった。

（――しまった）

先に帰ってしまっていたのだ。きっと六限目をサボったに違いない。

ぴんと来るものがあったので、兵吾が常連になっているラーメン屋に行ってみた。彼はそこの味噌ラーメンが大好物なのだ。

「あら聡美ちゃん、ちょっと遅かったわね。工藤ちゃんなら今さっき出ていったところよ」

彼女とも顔なじみの女将さんにそう言われた。

「やっぱり、あいつ来てたんですね？」

「ええ、なんか女の子連れてたわよぉ？」

「え？」

目を丸くすると、女将さんに笑われた。

「いやいや、そういうんじゃなくて、先輩の彼女って言ってたわよ。待ち合わせじゃなくて、たまたま会ったみたい」

「先輩の……？」

たぶん、景瀬観叉子だ。でも彼女はさっき根津先輩と一緒に帰っていったところではなかったか――。

なにか、嫌な感じがする。

「話してるのちらっと見たら、なんか工藤ちゃんの方は深刻な顔してたわよ。悩み事でも相談してたみたいに」

「どこに行ったか、わかります？」

「ええと――そうそう、そういや彼女の方が〝ふたつをつなぐトコ〟とかなんとか変なこと言ってたわね」

「……また来ます！」

聡美はラーメン屋から飛び出した。

心臓がやけにどきどきしていた。

（きっと、あの橋のことだわ）

二つをつなぐ、というのだから川越しに道路をつないでいる橋というのはあり得る話だし、それに――あの辺は人通りが少なくて静かだし、見晴らしがよくて夕暮れ時なんかは結構いい雰囲気で、なんというか――そういうところなのだ。なんでそんなことを知っているのかというと、前に通りかかったときに〝いいところだなあ。素敵な誰かさんと一緒にこういうところを歩きたいな〟とか考えたことがあるからだ。

ほとんど彼女は走っている。

怖い。

なぜだか、色々なことがとても怖い。

安心できることなんかこの世には何もなくて、すべては崩れ去る幻覚のような気がして仕方がない。油断すると心の間隙《すきま》からなにか黒いものが入り込んできて、気持ちを塗りつぶしてしまうような気がしてならない——。

その恐怖が少女の背中を押している。

わけのわからないものが、自分を追いかけてくるのか、それとも自分が逃げようとしているそれを追いかけているのか、よくわからないままに、とにかく走る。だが——

「……はあっ、はあっ、はあっ、はあっ——」

だが、走っていっても、前後にあるものが変わることもない。

「——はあっ、はあっ、はあっ……あっ」

突然、自分が息を切らしてまで走り続けていることに気がついて、びっくりして停まった。

（な、何を焦っているのよ、私ったら——）

ぼんやりと、立ちすくんでしまう。

気力が急に萎《な》えていく。

よく考えてみれば、自分はこうやって兵吾を捜して、見つけたとして、それで何を言うつもりなのか、それをまったく考えていなかったことをあらためて悟る。

「……なにやってんだろ、私」

景瀬観叉子と、工藤兵吾が根津先輩の目を盗んで密会しているとして、それを咎《とが》めたりする資格は自分にはないのだ。

荒かった呼吸が、だんだんとおさまっていく。

どうしよう、と思った。

しかし、それでも彼女は兵吾に会いたかった。理由は思いつけないし、根拠もないのだけど、それでも今日、彼の顔を見たかった。

でもそれは、別にこのまま彼を捜さなくてもできることだった。団地に彼が帰ってくるのを待とう。

家にとりあえず、帰ろう――

そう思って、きびすを返したその途端に、どん、と彼女は何かにぶつかって「きゃっ」と尻餅をついてしまった。

後ろに何かが立ちはだかっていたのだ。だが今まで走っていたのに、その背後に何かが立っているなど想像もできなかったのだから仕方がない。

「な、なによ？」

彼女は顔を上げた。

そこにはひとつの人影が立っていた。

それは男のようだった。

「どうしたんだい、お嬢さん――」

囁くような声で、男は話しかけてきた。

「……あ」

聡美は一瞬、硬直してしまった。

「君は友人の、工藤兵吾を捜していたんだろう？　駄目だよ、最後までちゃんと追いかけないと――尾けていたこっちの立場ってものがないだろう？」

男はひそひそと、忍ぶような声で喋る。

「……あ、あんたは――」

聡美はもちろん、そいつの顔を知っていた。今この国の人間なら誰でも知っている男だった。毎日テレビはその男の顔ばかりを放送しているからだ。

男はなおも聡美に訊いてきた。

「工藤兵吾は今、どこにいる……？」

そいつは、青嶋麿之介だった。

2.

その虚空牙は、明らかにそれまでのものとは違っていた。

手遅れだった。

兵吾がマバロハーレイになり、迎撃態勢に入ろうとしたときには、すでにどうしようもないほどに懐《ふところ》まで接近されていた。

(――なんだと……!?)

こっち側のいわゆる〝外装域時間〟――なんの制御も加えられていない〝実際〟の時間では、まださっきの戦闘からほとんど時間が経っていなかったのだ。

せいぜいが、十秒くらいだっただろう。さっき出撃していたナイトウォッチはまだカプセル船に帰還すらしていなかった。

そして襲撃してきた一体の虚空牙は――そいつには、左側の半分がなかった。削り取られていた。そのシルエットには見覚えがあった。それはこの前の戦闘で――

(――お、俺がとどめを刺せなかった奴か!?)

右半分しかなくとも、そいつはまったくかまわずに最大戦速で追撃してきたのだ。

マバロハーレイに随行していたリーパクレキスは直撃か至近撃を受けたらしく、激しくスピンしながら吹っ飛ばされていく。

マバロハーレイは敵に、連続弾を撃ちまくった。

それらはことごとく命中し、虚空牙の身体はどんどん削れて小さくなっていく。他のナイトウォッチも攻撃し、それらも直撃か至近弾で、敵にダメージは確実に累積されているはずだった。だが、どんなに小さくなっても、そいつはまったく速度を落とさず、そして飛び散っていた破片が、いきなりそのすべてが時空爆雷となって、四方に超光速衝撃をばらまいた。

（――し）

兵吾は、そのときにはもはや手遅れであることを悟っていた。

帰還するために、近いところに集合していたすべてのナイトウォッチが衝撃によって蹌《よ》踉《ろ》めいたその一瞬の間隙をついて、さっきの右半分だけの――いや、今や完全体の百分の一程度の大きさしかない――そいつは、すべてのナイトウォッチの防御ラインを突破してしまっていた。

（――しまった！　だが――）

そして、そのまま敵は回避行動のとれぬカプセル船に特攻していった。そいつは、虚空牙であって虚空牙ではなかったのだ。全身を無数の囮《おとり》で包み込んだ、いわば〝多弾頭ミサイル〟だったのである。

完全に直撃コースだった。

（――させるかっ！）

敵の一撃が完全に炸裂《さくれつ》する寸前に、マバロハーレイはその〝ミサイル〟と並んでカプセル船に突撃していた。そして、ミサイルとカプセル船の間の隙間に自らをねじ込ませて、その爆裂する奔流《ほんりゅう》を、時空切断スクリーンと反撥装甲で受けとめた。

カプセル船が、その小惑星並みの巨大な船体が衝撃に揺れた。

そして、マバロハーレイのコアたる兵吾の感覚は、すべてが白濁する眩惑と身体を引き裂くが如《ごと》き衝撃に、同時に襲われた。

意識が遠くなる。

だが――

（――なんだ……あれは？）

接触が切れるその一瞬前に、感覚装置が捉えていたものは――カプセル船を完全に包囲して、四方八方より迫りくる虚空牙の大軍勢だった。

＊

鉄橋から、落ちていた。

転落しながら上を見ると、ぐったりと動かない景瀬観叉子が鉄骨の上で横たわっていた。

そして彼女を落ちないように支えた自分の方は、落ちていく。

とっさに脚を下に向けていたらしく、水面に激突したときにそれほどの衝撃はなく、ずぼっ、と綺麗に落ちた。それでも爪先から頭のてっぺんまで、電気ショックのような激しい痛みが兵吾の全身を打った。

（――くそっ！）

兵吾は痺《しび》れる身体をなんとか動かせるようにするか、じっとして水面上に浮くのを待つか一瞬悩んだ。だが結局じたばたして、無理矢理に浮上した。

流れはかなり速く、あの状態の景瀬観叉子が落ちたら溺死《できし》は免れないだろう。

（――くそ、どうする⁉）

しかし今は、虚空《むこう》の方でも大変なことになっている。衝撃のため安定装置が作動して、ナイトウォッチから心が飛ばされてきてしまったが、おそらく〝実際時間〟では、あの一瞬後には敵の大軍勢による一斉攻撃が開始されるはずである。いくらこっちと向こうでは時間の流れ方が違うとはいえ、一刻も早く戻らなくてはならない。兵吾が生きているのだから、まだマバロハーレイは破壊されていない……だが制御不能になって、吹っ飛ばされている最中のはずだ。

だが主体的に、どうやったら戻れるのかわからない。最初の時だって、本来のコアが消し飛んだ後で兵吾がナイトウォッチと接続し直すのに五日も――向こうの時間にして三ナノセカンドも――かかっているのだ。

（……ちっ！）

どうしようもないので、とにかく河から上がって、あの景瀬観叉子を橋から動かさないと――と、彼は流されながらも河を斜めに泳いで向こう岸を目指す。

そのときである。

「――きゃあああああっ！」

という悲鳴が、岸の方から聞こえてきた。その声には聞き覚えがある――どころではなかった。

勝ち気で意地っ張りのあいつの〝らしくない〟悲鳴など聞いたことはなかったが、どう聞いても、それは――

「……槇村!?　槇村かっ!?」

泳ぎながらも、彼は水面に顔を出して聡美の名を叫んだ。

「――工藤？」

聡美ははっ、となった。

どこからともなく聞こえてきたその声は、まぎれもなく彼女の幼なじみの工藤兵吾のものだった。

へたり込んでしまっている彼女の前に立っていた青嶋麿之介も、当然その声を聞いている。

にやり、と笑った。

「——河か」

呟くが早いか、青嶋は聡美の腕をぐいと摑んで、そのまま地を蹴った。

土手の下り坂を、勢いに乗ってわずか二歩で駆け下りて、そして、なんと——少女の身体を片手でぶら下げながら、この怪人は河の上を、さながら石投げのように水面を蹴って走ってきたのだ。

水の上に乗れば、沈む——だがこの世界の破壊者は、その物理法則を無視できるらしい。

(——な、なんだと⁉)

兵吾は我が目を疑ったが、すぐにまずいと気付く。なんであいつは聡美を持ってきたのか——その理由が彼にはわかったからだ。人質？　いや違う。そんなまだるっこしいことではなく、それは——

「——くっ！」

あわてて、彼は潜ろうとした。だが遅かった。

そのときには青嶋はもう兵吾を射程に捉えており、そしてその武器を——すなわち、手にしていた槙村聡美の身体そのものを投げつけてきたからだ。

聡美の悲鳴が空間を流れていき、河に激突し、そして水面を貫通して水中にいる兵吾の身体にぶち当てられた。

（——ンのやろうっ！）

兵吾はバランスを崩して下に沈降《ちんこう》しつつも、しかし予測していたから聡美の身体を衝撃が少ないように受けとめることに成功していた。

暗闇の中で、街灯の明かりが射し込んできている水中で、兵吾と聡美の目が合った。

聡美はもう、恐怖で顔がひきつっている。だが兵吾は、そんなほんの一瞬の間だったのに、彼女の目をまっすぐに見つめながら、うなずいた。

（——あ）

聡美は、兵吾のそういう表情を前にも見たことがあった。

それは兵吾が〝むきになっている〟ときに見せる表情だった。たとえば野球をやっていて、自軍が負けていて、彼のところで一打逆転のチャンスが来たりしたときに、よくこういう表情になるのだ——そして、聡美は知っていた。

このときに兵吾に話しかけると、こういう返事しか返ってこないのである——

〝絶対に大丈夫だ〟

──と。野球だと、ほとんどそういう場合には敬遠されてしまって試合に負けてしまうのだが、だがそれでもいい球が来たときには、確かに兵吾は絶対に見逃したりはしないのだ。彼女の幼なじみはそういう男なのである。

聡美は恐怖から、一瞬にして醒めた。

（──うん！）

彼女も、兵吾にうなずき返した。

兵吾は聡美を支えていた腕を、彼女から離した。

「──さて」

青嶋麿之介は水面に立ちながら、その懐からナイフを取り出した。

まだ兵吾と聡美は浮かび上がってこない。

だがあいつらは必ず、ぶつけてやったときと同様にからみ合って、浮かんできてしまうはずだ。水中でバランスを崩してもがく人間は、とにかく手近なものにつかまってしまう習性がある。それで救助に来た人間にしがみついて一緒におぼれさせてしまうことも珍しくない。戦闘センスのある工藤兵吾ならまだしも、あの女学生の方にはこんな極限状況での対応などできるはずがない。

ごぼごぼ、と背後の水面から泡が立つ音が聞こえてきた。

すかさず振り向いて、ナイフを投げた。

だが、そこに浮上してきたのは兵吾一人であり、しかも彼がすばやく前にかざしていた聡美の通学鞄がナイフの一撃を受けとめていた。

そして兵吾はその鞄を投げつけると、その隙をついてまた水の中に潜り、青嶋が鞄を弾き返したそのときにはもう敵の足元にまで到達していた。

足首を摑んで、そして――

「――でぇぃっ！」

そのまま敵の足首を軸にして、懸垂の要領で水面から飛び出した。

「……なにっ！」

と青嶋が反応しようとしたときには、兵吾は相手を背後から右手ごと羽交い締めにする形になっていた。

足元は、膝から下が水面に沈んでいるが、青嶋が沈まないので、つまり河に立てられた棒にしがみついているような状態になっていたのだ。

ぎりぎり、と締め上げる。だがそれは頸や動脈には決まっていない位置だ。それに……そういう肉体的な攻撃がこいつに通用するとも思えない。

案の定、敵はにやにや笑っている。

「どうした？　押さえるだけでは勝てんぞ！」

青嶋はまだまだ隠し持っているナイフを自由になっている左手で引き抜くと、背後の兵吾に突き立てた。

だが角度が甘く、それは兵吾の頬をかすめて切るだけにとどまる。だがこんなものは握り方を変えればすむことであり、青嶋の手はさっそくその動作に移ろうとする。

そのとき――

「……いいや、これで充分なのさ」

頬から血を流しながら兵吾もまた、にやり、と笑った。

「おまえを押さえれば、それで充分――」

「……どういう意味だ？」

「おまえは裏をかいて目標を俺に切り替えたつもりだろうが……そういう〝立場を変える〟のは相手側でも、できるんだぜ――」

「……！」

青嶋の顔に、明らかな動揺が走った。

そして顔を横に向けたとき――その頭部は飛んできた閃光の一撃で跡形もなく消し飛んでいた。

その瞬間、世界中に稲妻が走った。

場所を問わず、青白い線のイメージがすべての人間の脳裏に一瞬、びりっ、と走った。

それはこの世界に食い込んでいた青嶋麿之介と名乗っていたテロリストの、その残滓だった。さながら細菌が菌糸を伸ばすように成長していたそれが今、大元《おおもと》が絶たれたことで一斉に切れたのである。

ずっと船内に潜んで、破壊工作を続けていた青嶋麿之介《テロリスト》は、完全に死んだのだった。

（な——なによあれ？）

兵吾の後から水面に顔を出した聡美は一瞬、眼がちかちかする感覚を感じたが、そんなささいな異状などそこに信じられないものを見たことで消し飛んでしまった。

川縁にひとりの女性が立っていて、そしてなにやら両手を前に——兵吾たちの方に突きだしている。その握っているものは銃のようで、今、撃ったみたいだが、だがその妙に丸っこくてトガっている道具はただの銃ではなく、なんだか……〝光線銃〟みたいにしか見えない。

そしてその格好だ。身体にフィットしたスーツを着ていて、頭には赤頭巾ちゃんのようなフードを被っていて、七夕の短冊みたいな飾りをぴらぴらさせていて、全身が虹色にきらめいている。

そして何よりも、その顔は、彼女にも馴染みの——だが眼鏡を外しているので別人のようにも見えるその人は——

「い——幾乃先生?」

それは彼女の知り合いの、漫画家の妙ヶ谷幾乃だったのだ。

またの名を〝ヨン〟ともいう。

だがこの名を知るのは世界の秘密に関わるもののみだ。

彼女が水面で素っ頓狂な声を上げるのと、それまで水面上に立っていた青嶋の身体がその能力を失って兵吾もろともに、ずぼっ、と水中に没するのは同時だった。

「——あっ!」

と聡美は、彼らの方に泳いでいこうとしたが、すぐに兵吾は顔を出した。その手は首がなくなって浮かんできた死体の襟《えり》をしっかりと摑んでいる。

「——大丈夫か?」

まず、聡美にそう声をかけてきた。その調子にはもう、厳しいところはどこにもなくなっており、冷静で落ち着いているのがわかったが、

「怪我してない、槇ちゃん?」

未来人ルックの妙ヶ谷幾乃も、呑気そうな声で訊いてきた。

「………」

しかし、しかし聡美の方は何がなんだかさっぱりわからない。

「——もう! なんなのよいったい!」

思わず大声を上げて、また沈みそうになってしまった。

3.

「——よく、私が尾けているのがわかったわね？　それも戦士の勘ってヤツかしら」

ヨンは眼鏡をかけて、一瞬にして普通の格好に戻った。それを見て聡美がまた目を丸くする。兵吾は返事をせずに、

「そんなことはどうでもいい！　あの橋の上に景瀬が倒れたままだ。助けに行かないと」

と青嶋の首なし死体を川縁に引き上げると、さっさと走り出した。

「倒れた？　——〝向こう〟で何かあったのね？」

眉をひそめた幾乃も、後を追う。

「ち、ちょっと、何のことか説明してよ！」

聡美はどうしていいのかわからなかったが、しかし首がなくなった死体（だがその切り口は、血が一滴も出ないうえに、灰色の発泡スチロールみたいなぼそぼそとした質感で肉ですらないのだが）。そんな気色悪いものと一緒にはいられないので、仕方なく後を追った。

「セ、センセ——死体《あれ》はどーすんのよ？」

すると幾乃が振り向いた。

「まあ、今回は非常時で、時間を停めたらあいつに私の接近を気付かれていたから、あなたを巻き込んでしまったけど――でも本来、これはあなたのようなまともな女の子が知るべきことではなかったのよ」

訳のわからないことを言われた。

「……？　？」

聡美は一体、どこから疑問を整理してよいかわからないほどに混乱している。だいたいなんでこの漫画家の先生は、あんなけったいなコスプレをして、ぴかぴかした光線銃などを振り回して、そして――その、変身、などということが、どうしてできるのだろうか？

そして連続殺人犯の姿をした化け物と戦っていた？

なんだか、考えていこうとするとすごく馬鹿馬鹿しいイメージにしかならないのだった。

（――これは本当に現実なの？　私は、なにか悪い夢を見ているんじゃないだろうか……）

夢まぼろし――それこそが生きるすべての真実だとは、ただの少女にすぎない槇村聡美に想像のつくことではなかった。

二人の脚は早く、聡美は完全に置いていかれた。彼女は追うのをあきらめて、鉄橋の手前で待つことにした。

そして兵吾は、さっきはおっかなびっくり渡っていた鉄橋を走るように進んで、倒れている景瀬観叉子を抱え上げた。後からついてきていた幾乃も半分受け持つように景瀬の脚を支える。二人はやや早足で鉄橋の来た道を戻っていった。

「――すう、すう……」

眼を開いたままの景瀬は、とりあえず息はしていた。生きてはいる。

ということは、リーパクレキスの方も死んではいない。だが制御不能で、意識がない状態になっているのは明らかだった。

(――マバロハーレイの管制をしていたから、敵の一撃目をかわせなかったのか……)

兵吾は景瀬の眼を閉じてやりながら、ぐっ、と歯軋《はぎし》りした。

「何があったのよ？　向こうじゃどうなっているの？」

幾乃がやや苛立ちながら訊いてきた。だが兵吾はそれよりもさらにささくれだった声で訊き返した。

「ヨン――なんとか向こうに俺を戻せないか？」

「え？」

「できないか？」

「……私には無理だわ。階層が下すぎて、宇宙空間の戦闘シークエンスに介入なんかできないし。それに――あなたが戻りたいのに戻れないということは、マバロハーレイのサイブレータも、カプセル船のジャイロサイブレータも、必死であなたとナイトウォッチとの接続を回復しようとしている――ということ。焦っても、どうしようも――

「それでも、なんとかして戻らなきゃならんのだ……！」

こうしているうちにもリーパクレキスは遠くに飛ばされていく最中なのだ。助けに行かなくては。

そして虚空牙の大軍団が、カプセル船に迫ってきているのだ。迎撃に向かわなければならない。

今すぐ戻れないと、なんの意味もない。なんにもならないのだ……！

「……とにかく景瀬観叉子を安全なところまで動かしましょう。話はそれからよ」

二人は急ぎながら、それでも慎重に景瀬を鉄橋から下ろした。

遊歩道のベンチの上に、そっ、と寝かせる。

「彼女、どうしたのよ？」

聡美が心配そうに訊いてきたが、幾乃も兵吾も答える言葉がない。

「…………」

「と、とにかく救急車呼ばなきゃ！」

聡美は携帯電話をとりだして、１１９をコールしようとした。

だが、そもそも携帯電話そのものが作動しない。主電源そのものが何故か入らない。

「――あれ？」

充電なら昨日のうちにたっぷりすませてあったはずだ。故障の前兆などなかったはずなのに、うんともすんとも言わない。

「なによこれ？　どーなってるの？　――センセ、電話ある？」

幾乃は首を振った。聡美は兵吾が携帯電話を持っていないことは知っていたので彼には訊かず、舌打ちすると、少し先の電話ボックスに向かって走っていった。

兵吾と幾乃は押し黙って、動かぬ景瀬観叉子の前でうなだれている。

「……どうにかならないのかよ？」

兵吾が絞り出すような声で言った。

「……ごめんなさい」

幾乃が弱々しい声で詫びると、兵吾が首を振った。

「そうじゃねえ……あんたを責めているわけじゃねえ……くそ、なんで俺は、なんでこんなに……いつもいつも半端な、スキマみたいなところにばかりハマるんだ……！」

ぎりぎり、と音が聞こえそうなほどに兵吾の両拳は握りしめられていた。

幾乃はそんな彼に掛ける言葉が見つからず、無言で見つめるだけだ。そして、やがて目を下に伏せた。

そのときである。

——ぎぎっ、

というノイズと共に、世界の光と闇が、一瞬にして反転した。

＊

それは、ちょうど写真のネガフィルムのようであった。

光の箇所が暗くなり、暗い箇所は光を放つようになっていた。

だから夜空を振り仰げば、そこには眩《まばゆ》い白が埋め尽くし、そのなかに黒い点が散らばっている。それが星である。

地面も、夜の影がすべて白に反転している。

「……な、なんだこれは⁉」

兵吾はヨンの方を見た。変化しているのは風景だけで、彼女や兵吾自身は元のままだ。

ヨンはそのときにはもう眼鏡を取って、本来の〝世界の調整者〟としての姿に戻っている。

その手には例の光線銃こと、この世界に都合の悪いものを吹き飛ばす消去デバイスが握られている。

そのヨンの手が震えている。

「こ、これは……システム全体に凄まじい異常が生じている……？」

声も震えていた。明らかに、彼女もこれがなんなのかわかっていないのだ。

「――だが、なんでだ⁉ 磨之介《テロリスト》は倒しただろう？」

「ええ！ それは間違いないわ。あの敵は確かに死んで、もうその本体であった死体も船外に投棄した……そのはずだわ！ なのに、どうして――まさかこれは〝外〟からの――」

ヨンが呟いた、その言葉に兵吾ははっとなる。

彼がほとんどを弾き飛ばしたとはいえ、もしかしてさっきの宇宙での戦闘の際に突撃してきたあの特攻型の敵は、まさか――

「――まさか、あれが……！」

そしてこの異変は、川沿いの道を電話ボックスを求めて走っていた槇村聡美にも感知されていた。

「……なに、これ……？」

彼女は貧血にでもなったのか、と一瞬思った。

そして周囲を見回す。

その目が見開かれる。

「……え？ な、なんで――」

彼女は、思わずこの世界の異変の中にあってすら、それどころではない戦慄にとらわれた。

「——だ、だってそんな……さっき、さっき確かに……！」

彼女が見ているのは、ほんの一分前までは死闘がおこなわれていた場所だった。彼女が引きずり込まれて、河の中に投げ込まれて、そして兵吾と幾乃が倒したその場所に……

「——し、したい、死体が……死体が！」

彼女は絶叫していた。あの、首がなくなった青嶋磨之介の——

「死体が……ないいっ！」


兵吾はぞくっ、と背筋を走るような感覚に襲われて、とっさに飛び退いていた。

「——危ない！　逃げろ！」

とヨンに向かって叫びながら。

だが地面に彼が降り立つ前に、既に勝負はついてしまっていた。

上から急降下してきたそいつの一撃は、そのときにはもう、ヨンの胴体を横殴りに薙《な》ぎ払って——

ずん、

——と、真っ二つに両断していた。

「——あ……？」

ヨンはぽかん、とした顔のまま、その上半身だけが地面に崩れ落ちた。その手から消去デバイスが弾けとんで、地面に転がる。

下半身だけは、まだ立っていた。

その頼りない柵のような、二本の棒の刺さったかたまりの向こう側に、それが着地して、そして身体をゆっくりと起こした。

当然のように、首がない。

首だけではなく、以前に撃ち抜かれていた胸にも穴が空いたままなのが、そのはだけた上着の間から見えた。人間のイメージであれば、どう誤魔化《ごまか》しても完全に死んでいるはずの姿だった。

その手に握られている、今ヨンを切断してのけた武器を、兵吾は知っていた。それはさっきまでの青嶋磨之介にはなかった武器だった。

光り輝くその〝武器〟は——〝槍〟の形をしている。

「き、貴様は……！」

兵吾の声が、さすがに恐怖で割れた。

こいつがなんなのか、彼にはわかっていた。

そして、その首のないそいつは、どこから出しているのか、かすれた声で話し出した。

「そうだ——人間よ、おまえが思っている通りだ」

すきま風のようなその声は、もはや青嶋とは似ても似つかない。

「……！」

「この〝残骸〟はちょうど都合がよいので使っているだけだ。この世界にかなり広がっていた〝糸〟から中に入るのが容易《たやす》かったからな」

「……き、貴様は、ついに……」

兵吾は奥歯がガタガタ鳴り出さないように噛みしめるのに苦労していた。

あの〝特攻〟のときに、マバロハーレイは完全に阻止しきれなかったのだ。あのミサイルの奔流に含まれていた、おそらくはごくごく一部の、しかし充分な量の〝ウィルス〟がカプセル船の中に侵入してしまっていたのである。

「——ついに……！」

何千年という永い永い戦いの果てに、ついにその姿を宇宙空間ではない〈人間〉の前に現した、こいつは……！

「そうだ——人間は我等を〝虚空牙〟と呼んでいる」

人類の天敵は、ごく静かに名乗った。

in the night

夜を視る

1.

カプセルボート九〇八の最上位制御システムであるジャイロサイブレータは、おそらく人類がその決して短くない歴史の中で造り上げた数々の機械の中でも、もっとも長期間に亘《わた》って休むことなく稼働し続けている機械のひとつであろう。

故郷《マンホーム》から旅立ってから、外装域時間にしてすでに四千三百八十四万時間以上の刻《とき》が経過しているが、その間ずっとこの機械が制御している船体は星々の間を埋め尽くしている途方もない真空をひたすらに突き進み、襲ってくる敵と戦い続けてきた。

機械は自らを監視し、損傷箇所があれば常に修復するように造られている。あまりにもひどい損傷では打つ手がないが、しかし先刻の敵の一撃によるものはそれほどのものではなかったので直《ただ》ちに修復がなされ、戦闘中に機能は回復していた。

だが、この修復機能がそのまま仇《あだ》となった。

内部に、極微量が侵入していた敵の破片は、その修復工程そのものに便乗して、たちまち形を成すことに成功した。それは今やジャイロサイブレータの一部となり、機械自身ではそれを破壊することができなくなってしまっていた。

それを倒す方法はただ一つ。機械が創っている世界の中で、侵入してきたそれいを消去デバイスによって消滅させることのみ――

＊

……だが、その消去デバイスの使い手であったヨンは、その身体を真っ二つにされて地に崩れ落ちた。

兵吾は、そのヨンに近寄ることができない。

そのすぐ後ろに、敵は立っているからである。

「……こ、虚空牙……！」

兵吾は、敵を睨みつけたかったが、しかしどこを見たらよいのか、というどうでもいいようなことに悩んでいた。

なにしろさっきまで青嶋の死体だったそいつには首がないのだ。睨みつけるべき相手の眼も顔もないのである。

「人間よ……おまえだな、我に激突してきて、この空間行動体への侵入を阻もうとしたのは」

首なしの敵は、どこからともなく声を発して話しかけてきた。

言葉が理解できるのだ。その理由として考えられることは……

「…………」

兵吾は虚空牙から眼を逸らさずに、その後ろの風景も観察する。

世界は色彩が反転して、夜空が白く、光が黒い異様なものになっている。明らかにこの虚空牙の存在が、この世界を構成している根本原理に悪影響を及ぼしているのだ。もうこいつは、内部に一体化してしまっている。言葉程度ならもう完全に自分のものになっていて当然だった。

「……俺が宇宙にもいることが、わかるのか」

ナイトウォッチのコアであるかどうかなど、この世界にいたら普通の人間とまったく区別のつかないことであるはずなのに、こいつにはどうやら宇宙空間の特攻の時に、自分にぶつかってきたのがマバロハーレイの兵吾であることが識別できるらしい。

「意志の形態《かたち》……それが同じである以上、判別は容易だ」

首なしの出す声は、兵吾の耳元で囁かれているような感触がある。もしかすると、これはこいつが食い込んでいる世界そのものから、兵吾に向かって話しかけられている声なのかも知れなかった。

「人間というのは個別の意志を持っていながら、その己の意志がどのような存在なのか、まったく気に留めないようだな。不思議なことだ」

てめえらの方がよっぽど不思議じゃねえか、と兵吾は思った。

「……目的は何だ？」

「抽象的で、漠然とした問いかけだな」

感情に欠けるその物言いに、兵吾はかちんときた。首なしは静かに続けた。

「我等がこの行動体に侵入してきたのは、おまえに会いに来るためだ」

「……念入りな復讐のつもりかよ？　前に宇宙でおまえの左半身を吹っ飛ばしたのが俺のマバロハーレイだから、か？」

「我等に、そのような個別の執着心は欠落している」

何を言っているのかよくわからない。兵吾は苛立ってきた。

「貴様ら――虚空牙の目的は一体なんなんだよ!?　なんで人間をなぶるような真似を、何千年も続けているんだ？」

怒りの問いかけに、しかし答えは冷ややかだった。

「大した継続時間ではない。たかが小型恒星の軌道上を近隣配置惑星が一万に満たない数しか周回していない、ごく短い期間だ」

首なしはあっさりと言った。ものの考え方の規模が、惑星から生まれた生物とは根本的に異なっているようだった。

「そんなことは問題じゃねえ！」

兵吾は怒鳴った。

同時に走っている。

一瞬で、さっきヨンが取り落とした〝光線銃〟こと消去デバイスのところまで跳び込んでいる。

手に取って、かまえて、引き金を引く——だがそのときにはもう、首なしの姿も今の場所から移動している。

光線はむなしく空を切り、その流れ弾が鉄橋に丸い穴を穿《うが》ったにとどまった。

兵吾は停まらないで、さらに跳躍していて、宙にある首なしめがけて連続射撃した。

首なしはその手にしている〝槍〟で光線を弾き返した。

「——！」

兵吾の表情に戦慄が走る。なんでも消し去るはずの消去攻撃が効かないというのは——

（——くそ、こっちと同じような武器か！）

内部に侵入した際に、どこからか盗んできたに違いない。

しかし、怯んでいるひまはない。兵吾は襲いかかってきた首なしの攻撃を横っ跳びに避けて、かわした。

だがその槍はまるでそれ自体が生き物であるかのようにうねり、兵吾を追撃してきた。

首なしは恐るべき使い手だった。もちろん、そうに決まっている。青嶋麿之介《テロリスト》などとは比較にならない。こいつは本来、人類技術の頂点である超光速戦闘機ナイトウォッチを以てするしか対抗できない虚空牙の一部なのだから――

「……ぐっ！」

あわてて後退する。

どんどん攻め立てられ、川沿いの土手の下り坂を半ばズルズルと滑り落ちるようにして逃げる。

二三発、反撃の引き金を引くのだが、完全に読まれ切っていて、外れるか、槍に弾かれる。

銃で戦っているのに、棒に勝てない……！

（……くそっ！）

まともにやっていては、絶対に勝てない。それを実感した。ヨンも一撃でやられた相手なのだ。

一か八かの方法に、賭けてみるしかない。

兵吾はあえて、土手の足場から転がり落ちた。

首なしも、槍を振りかざしながら高速で追ってくる。

（――来やがれっ！）

兵吾の眼が闘志でぎらりと光った。

＊

(――なんなのよこれは！　どーなってんのよ⁉)

聡美は混乱の極みの中、結局、電話の前に元の所に戻ることにした。

だが駆け戻ってきた彼女が見たものは、胴体が真っ二つになってしまっている妙ヶ谷幾乃――ヨンの姿だった。

「――ひ」

と悲鳴をあげようとした彼女は、しかしそれどころではなくなってしまった。

足首を、その上半身だけのヨンの腕に摑まれたのだ。

「――っつけて」

上半身は彼女に話しかけてきた。

聡美はもう、あうあう、と口を開閉させるだけで、言葉にならない。

「――私の身体を、元のようにくっつけてちょうだい……！」

上半身は、なおも言った。

「い、生きてんの……？」

「はやく……！」

「わ、わかったわよ――」

もう異常なことが続きすぎて、驚きという感情が麻痺《まひ》してしまっているようだった。大した抵抗感もなく、その上半身に手を伸ばす。

「お、重い――」

聡美はよいしょ、とその身体を持ち上げて、立ったままだった下半身の上に何とか載せた。

するとその切断面が一瞬ぼんやりとぼやけて見えたかと思うと、次の瞬間には完全にくっついていた。服まで元に戻っていた。

ふう、と、この虹色頭巾は吐息をひとつついた。

「危ないところだった――消去攻撃だったから斬られた箇所のデータが削られただけですんだけど、普通の刀剣だったら即死していたわ」

彼女は腰を何度か回してみて、異状がないことを確かめている。

「センセって――なんなのよ？　人間じゃないの？」

聡美は半ばうんざりしたような顔で訊いた。だがすぐにはっ、となり、

「そうだ――工藤は？　あいつはどこよ？」

あわてて周囲を見回す。

「あの青嶋の死体がなくなっていて、それで私は――工藤は？　工藤はどこに行ったの

よ?」

　この動揺している少女に、ヨンはやや辛そうな調子で言おうとした。

「彼は、今――」

　そのときである。

　いきなり二人の背後で、河が爆発した。

　信じられない光景だった。

　河の一部、というのではなく、その上流から下流に至るまで、そのすべての〝線上〟が一斉に、まるで噴射でもしているかのように、水飛沫を天に向かって放射したのだ。一瞬遅れで、遠く離れたところからの音が連続して聞こえるために、爆音はひどく長い間鳴らされるサイレンのように聞こえた。

　河ひとつが今、水蒸気爆発して消し飛んだのである。

「……な⁉」

「これは……⁉」

　二人は同時に振り返り、そして聡美の方が先に飛び出していた。

「ま、待ちなさい!」

　ヨンも急いで後を追った。

　爆発の直後、白い天に向かって黒い光線が何本か走ったのである。その発射地点に、二人は走っていった。

だが、そこにはもう、何もなかった。

河の土手が光線によって不自然な形に削られているだけで、後は何もない。河の水はほとんど無くなってしまっていて、そこは今や〝えぐれた泥道〟というものに変わってしまっている。

「あ、あいつは……?」

聡美はきょろきょろとせわしなく四方に視線を巡らせる。

「あいつはどこよ⁉」

ヨンの顔もやや強張ってしまっている。

「敵味方、どっちの死体もない――しかし相討ちならば、この虚空牙による異状も消えていなくてはならない――ということは」

「なんなのよ? どういうことよ?」

「彼は、まだ戦っている……!」

ヨンの言葉に、聡美の顔が青ざめた。

「た、戦っているって――」

これにヨンは返事をせずに、頭巾からぶら下がっている丸いボタンに向かって、何かぶつぶつと呟いている。

「――そうだ。これは虚空牙の侵入によるバグだ。第一級の排除態勢で挑む必要がある。ああ、そうだ――」

どこかと通信しているらしい。

ものすごい早口で、言葉として聞き取ることはほとんどできない。

「……ね、ねえ、何がどうなっているのよ?」

聡美はおずおずと訊ねた。

一通りの通信を終えたらしいヨンは、悲しげな顔を聡美に向けた。

「ごめんなさい、槇ちゃん――まさかこんなことになるとは思わなかった。ここまで事態がこじれるのならば、あなたを何としても巻き込むべきではなかった――」

「な、何言ってんですか? 巻き込んだ、って――だって、工藤のヤツだって関わっているんでしょう? 私だけなんでもないなんて、そんなのは困ります!」

聡美は必死で言った。なんとなく、嫌な感じに雰囲気が変わり始めている。

「あなたが理解できる以上に、この世界は複雑なことになっているのよ。知らない方がいいことの方が圧倒的に多い」

「で、でも――工藤は、あいつは知っているんでしょう? センセと会わせたのは私だし、それからどうなってこんなことになったのかは、それはわかんないけど――でも、でも私だって……!」

「たとえば——この白い夜空に黒い光という、今の状態——これは異常なんだけど、もしもあなたが今、こうやって私たちに関わっていなければ、おそらくあなたは〝なんか変な気がする〟とかるく思うだけで、何が変わったのかを理解することはない。でもあなたはもう、世界が不安定なものだということを〝知って〟しまった。知ってしまえば、そこにある異常にも気がついてしまう。人間というのはそういうものなのよ。知らなければ、なんでもなかったのに——」

「でも——でもあいつは知っているんでしょう!」

ほとんど聡美は怒鳴っている。

「だったら、私だって知りたい——知りたいんです!」

彼女はヨンに詰め寄る。

だが、ヨンはますます悲しげな顔になっていく。

「私も、あなたとは友達だから、気持ちは痛いほどわかるわ」

「だったら……!」

ヨンは聡美の肩に、そっ、と手を乗せた。

「でもね——槇ちゃん。兵吾くんがなぜ、一人で敵を引きつけて、この場所から離れたか、わかる?」

聡美の顔に、さっ、と赤みがさした。

「——何が言いたいんですか？」

「彼にはとても大切に思っているものがある。それを守るために、彼は戦っている。それは——」

ヨンの言葉の途中で、聡美はいきなり大声を出した。

「——冗談じゃないわ！」

彼女は真っ赤な顔をして、ぼろぼろ泣いていた。

「なんで？　なによそれ？　どうしてそんな一方通行なのよ？　私はじゃあ、なんにもしちゃいけないわけ？　まともにお礼もできないのに、あいつに助けられるのを、じっとして、黙って、ただ待ってればそれでいいっていうの？　私は——私はなんなのよ？　私は自分がなにかしたいとか、誰かの力になりたいとか——そういうことを考えても、それは意味のないことなの？　わかんないよ、わかんない、全然……！」

少女の声は悲鳴のようだった。

ヨンはその彼女の肩に乗せた手に、わずかに力を込めた。

その手のひらから放出された電子信号によって、槙村聡美は一瞬で意識を失い、その場にがくりと倒れ込む。

ヨンが支えて、優しく横たわらせる。

「……ごめん、槙ちゃん」

ヨンは、その心はプログラム上のものではあったが、それでもその心の底からこの少女に詫びた。

しかしすぐさま、彼女はさっきまで河であった泥の道に目をやる。

そこには足跡が残されていた。

上流の方に向かっている。

「——追わなくては」

ヨンもまた、白い闇の中を走り出す。

しかし、彼女にももうわかっている——自分や、仲間たちがどんなに急いだとしても、虚空牙と兵吾の決着には間に合わないのだ、と。

彼女たちが戦いの場に追いつくとき——既に勝敗は決してしまっているに違いない。

どちらかが倒れる——そして兵吾が敗れていたら、ここで侵入してきた敵を倒すことができても、貴重なナイトウォッチのコアの一人を失っては〝外側〟の宇宙空間で迫ってきている本物の虚空牙の方を食い止めることができないだろう、ということも——

(……兵吾くん……!)

2.

兵吾の賭《かけ》は結局、成功も失敗もしなかった。

河におびき寄せて、その敵の槍で水面を突かせればかなりの反応が出るだろう、その隙に倒す――というつもりだったのだが、確かに槍を水面に入れる、というところまでは成功したのだが、その効果が余りにも劇的すぎた。

まさか河全体が吹っ飛んでしまうとは思いもよらなかった。とっさに光線銃をぶっぱなしはしたのだが、こっちも水飛沫と衝撃波で相手が確認できない。当然命中しなかった。だが、河が〝溝〟に変わったのを見たとき、兵吾はとっさにその溝に向かって走り出していた。

誰も巻き込まずに、安全に突き進める道ができた、と判断していた。こういう洞察力こそが、彼が人類史上有数の〝戦闘の天才〟である証《あかし》だったが、もちろん本人はそんなことに気がつきもしない。

ただ、ここから離れなくてはならない、という意識があり、それの根本を成しているのががごく近い位置にいる槇村聡美であることは、この朴念仁《ぼくねんじん》も薄々は理解していた。

ひたすらに走る、その周囲はもう夜も深く、故に――真っ白だ。

身体をちらと見ると、白い闇に半分ほど塗りつぶされている。自分が妙ヶ谷幾乃の作品の登場人物で、彼女にホワイトで修正されている途中のような気がしてきた。

首なしの槍使いも、ひたすらに迫ってくる。

そのプレッシャーは、紛れもなく真空戦場の虚空牙のそれと同じだ。

殺気。

それだけがまるで抽出されたかのように純粋なものとしてひた、ひた、ひた迫ってくるのだ。そこには怒りも憎しみも、敵意すらなく、ただこっちを仕留める——その気配だけがのしかかってくるのである。

溝はだんだん狭くなってきている。

河は蛇行しているので、こっちが銃を撃っても物陰に隠れられてしまう。もちろん銃の一撃は蔭に隠れようと貫通して攻撃できるのだが、それは向こうも同じであり、物陰に入ったからといって、見当を付けて狙いを定める余裕はない。槍が壁から飛び出してきてこっちの首をはねかねないのだ。

だから基本的には、逃げ続けている。

「——はっ、はっ、はっ、はっ——」

走る息は確かな間隔を刻んでおり、まったく乱れていない。

だから、聞こえてくる音が少し変化しただけで、すぐさま対応できる。

「――っと！」

急停止して、そして上を向きながらもう銃を跳ね上げている。

その先には、河の溝を跳び越えてきた首なしの姿が宙に舞っている。

上空からの奇襲は、そのまま兵吾の絶好のチャンスとなった。

光線がすかさず三射、空に向かって撃ち込まれた。

二発は弾かれたが、一発が敵の脇腹をえぐり取った。

しかし、予想通りにそれでも平気で攻撃を仕掛けてきた。

兵吾はかわして、また逃走にかかる。

その背後から、声が聞こえてきた。

〝――跳躍する際に、わずかに足音が変化したのを聞き分けたのか……素晴らしい感覚と、判断力だな〟

一撃を喰らったにも関わらず、その声にはまったく揺らぎがない。

「――どうも！」

兵吾は足を停めずに、そのままで返事した。

「お褒《ほ》めいただいて、光栄の至りです――ってか？」

〝不敵だな〟

「性分でね」

〝その強靭さはどこから来るのだ？〟

なんだか、難しいことを訊かれた。

「——さあな。考えたことねーな」

〝では考察しろ〟

簡単に言われて、つい兵吾は笑ってしまいそうになる。

「考えたら、おまえは負けてくれるのか——よっと！」

いきなり振り向いて、四発、狙いらしい狙いもつけずに、足音の見当だけでぶっぱなす。

敵は振り向きかけたところでもう飛び退いていて、攻撃はかすりもしない。

「——ほれ、よけるじゃねえか！」

憎まれ口を叩いているときには、もう逃げにかかっている。

〝——しかし攻撃は的確だ〟

声も、すぐに追って来る。

〝我等は、我等こそが、ずっと考察してきた——おまえたち人間は一体、なんなのか、と〟

兵吾は言われて、一瞬だけどきりとする。

そのことは彼自身もまた、考えていたことだったからだ。

「——どういう意味だ？」

彼はつい、真剣に訊いていた。

だが、その動揺はしっかりと敵に伝わってしまっていた。

ざっ、という少し大きめの足音を最後に、気配が消えた。

「…………！」

しまった、と思ったときには、もう敵がどこにいて、どこから自分を探っているのかわからなくなる。

足音を消しても走れるのか？　それが前もってわかっていたら、対応もできただろうが、こう突然に虚を突かれては、もう手遅れだ。

どうすればいいのか――このままだと、奇襲されて、そして終わりだ。

（――どうする？）

停まっていることだけはできない。

兵吾は急に、どっ、と吹き出してきた冷や汗を誤魔化すように大声で叫び始めた。

「――うおおおおおおおおおおおおおおあっ！」

がむしゃらに――さらに加速をつけて走り出すしかなかった。

＊

「……！」

ぱちり、と少女の目が開いた。

周囲を見回す。

白い闇と、黒い光が世界を覆っているのを見て、彼女の眉がひそめられる。

野外に横たわっていた彼女は、ゆっくりと立ち上がった。少しのあいだ沈黙していたが、やがてため息をついて、

「——どういうことなのか、状態を把握するのが先か」

ぽつりと呟いた。

そして歩き出した彼女は、すぐに、さっきの彼女と同じように倒れている少女の姿を見つけた。

「あの娘《こ》は——」

彼女は駆け寄って、そしてその娘を優しく揺り起こす。

「——槙村さん、槙村聡美さん——」

「う、ううん——」

揺り起こされて聡美が目を開けた。

なんだか、ものすごく変なことになっていたはずなのに、目を開けた彼女には、その夜はいつもの夜にしか見えなかったので、頭が混乱した。何が変だったのか、思い出せない。

まさか自分の認識が既にヨンによって〝処置〟されてしまっていることなど無論、思いもよらない。

「あれ――」

しかし、その異状に気を取られている余裕はなかった。彼女の目の前には、一人の少女がいたのである。

それは、気絶していたはずの――

「か、景瀬観叉子……さん？」

「ええ、そうよ」

景瀬は目覚めた聡美に、こくっ、とうなずきかけてきた。

「か、景瀬さん！　あなた――大丈夫なの？」

必死な顔で訊ねてきた聡美に、景瀬は、くすっ、と笑った。

「あなた、自分も倒れてたんだけどね」

「あ――そうか」

聡美はぽかんとして、そして首を振った。

「もう何がなんだか――景瀬さん、あなたはなんで気絶してたの？」

「まあ、ちょっと脳震盪《のうしんとう》――みたいなものかな？　大丈夫よ。もう立ち直ったから。向こうでも機体制御の再起動に成功したし」

「——なんですって？」

「なんでもないわ。それよりも——」

景瀬はへたりこんでいる聡美に手を差し出して、立たせてやった。

「これはいったい何なの？　ここで何が起こっているのかしら」

「——そ、そうよ！　大変なことが起こったのよ！」

聡美は我に返って大声を上げた。

そしてあわて気味の早口で、景瀬にこれまでのことをまくし立てる。

一通り聞いて、しかしそのあとで景瀬が訊き返したのは一番最初のところだった。

「——工藤くんは、まず河に落ちていたの？」

「そ、そう。どうしてかは知んないけど」

「……なるほど」

景瀬観叉子は一人で納得している。彼女が一撃を受けたリー・パクレキスと同調していたために、意識を失って河に落ちかけたところを兵吾に助けられたことが彼女にもわかったのである。

事情を知らない聡美は、その景瀬の表情に気がつかない。

「ねえ、どうしよう！　私どうすればいいと思う？」

半泣きで、彼女は景瀬にすがりつく。

景瀬観叉子は、先刻のヨンがしたように、河の跡である溝の道に目をやる。

「――追いかけましょう」

「え？」

「たぶん、上流の方に向かっていったんだと思う。工藤くんも、その妙ヶ谷さんも、きっとこの先にいるわ」

「そ、そうかしら？」

「ほら、足跡があるわ」

「あっ！」

聡美は声を上げた。そして次の瞬間には、もうその照明が足りない、足元もおぼつかない道に飛び出していた。

景瀬も後を追う。

その表情は厳しい。ただ心配しているだけでなく、そこには明らかな焦燥《しょうそう》があった。

（しかし、工藤くん――急がないと間に合わないわよ）

精神の半身が宇宙空間にある少女は、心の中でこっそりと呟いた。

＊

走り続けて、兵吾はとうとう〝いつかぶち当たる〟と思っていたその場所にまで来てしまった。

そこはトンネルだった。

丸い穴が縦に、ぽっかりと進行方向に空いている。

河を、本来流れていたところから街の開発のために別の位置に移した際に、地下を刳《く》り抜いてパイプを通した、そういう場所だった。

当然、こんな所に入ったら、通り抜けるまで逃げ場がどこにもなくなる。

だが——

そのとき、兵吾の顔に不敵なものが浮かんだ。

笑みをたたえていた。

「くくっ……！」

ひきつったような声が喉から漏れる。

そのままトンネルの中に突っ込んでいき、そして——彼はその筒のちょうど中央の地点で急停止した。

「——さあ！」

大声を張り上げる。

「どっからでも——かかってきやがれ！」

ここには逃げ場がない――だがそれは逆に言えば相手も攻撃できる方向が前後の二方向しかないということである。

そして、相手は槍で、こっちは銃だ。向こうはこっちに接近して、直接攻撃するか武器を投げるかしなくてはならない。

中に入るか、武器を手から離すか、選択肢が二つしかないのだ。

ふいを突かれる危険はそのままだが、これで、条件はかろうじて五分になった。

（ここでケリをつけるしかない……！）

兵吾は全神経を集中させた。

周りはトンネルの中であり、光源はまったくといってよいほど、ない。パイプの壁面も彼には見えない。

真っ白な世界がそこにはあった。

閉鎖されているはずの環境が、どこまでも広がっている。

これはあの、絶対真空の逆だった。空っぽなのに、なにかで埋め尽くされているようなあの世界と、この本当は囲まれているのにひたすらに広い世界と。

そして、どちらも同じ―― 〝夜〟だ。

我々は夜に包囲されているのだ。

どこまで行っても、それがなくなることはない。

「…………」

兵吾は待っている。

敵が来るのを待っている。

夜の中で、その恐怖と緊張と、精神の集中が彼を夜の中に、雄々《おお》しく立たせている。

それがなかったら——と、兵吾は考える。

それがなかったら、誰が暗くて怖くて寂しい夜の中になど立つことができるだろうか？

（——ああ、なるほど、ね）

彼は、とうとう納得できた、と思った。

そういうことか、と感じていた。

彼は囁くように呟いた。

「——わかったぜ〝虚空牙〟よ。おまえたちのことが——俺たち人間とどういう関係にあるのか、その仕組みが」

3.

兵吾の小声での呟きに、返事が返ってきた。
〝——フム、それは如何なる意味だ？〟

声はどこからともなく聞こえる例のヤツで、その反響などから位置を掴むことはできない。兵吾はそのことはあきらめて、言葉を続ける。

「俺は最初に戦ったときから、これはおかしいと感じていた――おまえたちは、まるでこっちの都合に合わせているみたいだ、と」

〃どうしてそう感じた？〃

すかさず訊かれるが、その質問には特に表情はなく、意外だと感じているのか、ただの確認なのかわからない。

「おまえたちの形は光の人型だし、その戦闘力はナイトウォッチとほぼ互角――なんでそんな一致が重なるんだ？　おまえたちが宇宙空間に棲《す》んでいる超生物だというなら、人型をしているはずなどない。人の形ってのは、惑星上で、歩いて生活する必要があるからそういう姿なんであって、無重力の世界にはまったく向いていない」

〃かなり、正確な分析だな〃

なんだかせせら笑っているようにも聞こえる。兵吾はかまわず続ける。

「おまえたちはヒトに合わせている。それは確かだ。ではなんのために？　なんでおまえたちは敵である俺たちのレベルに、わざわざ合わせてくれるんだ？　俺にはそれがどうしてもわからなかった。だが――今、急に閃《ひらめ》いた」

〃それで、答えは何だ？〃

「おまえたちにとって、俺たちは〝敵〟ではないからだ」

きっぱりと言った。

〝…………〟

ここで、はじめて変化が生じた。相手の反応が返ってこなかった。兵吾はことさらにそれを待たずに、逆に訊き返した。

「そうだろう？　虚空牙というのは、人類が憎かったり、存在していると自分たちに害が及ぶとか、そんなことを考えているわけではないんだ。こっちは戦争のつもりだが、そっちから見れば俺たちなんかまるで相手にならない、ちっぽけな存在に過ぎないんだ。違うか？」

〝ほんとうにそう思うか？〟

相手は念を押してきた。兵吾はわずかに、かぶりを振った。

「そう考えないと辻褄《つじつま》が合わない。なんとなく、俺たち人間は自分たちが、相手を倒そうと思っているときは、相手もそう思いこんでいるに違いないと決めつけてしまう……だがこの場合はそんなものではないんだ。ただあんたらは、そう——ちょっかいを出しているだけなんだ」

〝ではその目的は何だ？〟

根本的なことを訊かれた。だが、これには兵吾はごく簡単にこう言った。

「そんなことは、わからない」

そうとしか言いようがないので、ストレートに言うしかない。だがそこには動揺も投げやりさもない。事実を素直に、ただ受け入れていた。

「レベルの高いあんたらの考えていることなんか、今の俺たちに理解できるとも思えん。蟻《あり》の巣を観察している人間のことを、その当の蟻は決して理解できないよーに、な――あんたらにとっては大したことでなくとも、俺たちにはそれが致命的なことになってしまっているだけだ」

〝それで納得したと言えるのか？〟

「俺としては、な。人類としてはどうなのかは知らねーよ。ただ、これで俺としては、なんつーか――おまえたちは、ひょっとしたら、どっちかっていうと――人類の〝助け〟になっているんじゃないかという気がする」

〝ほう？　どこからそんな発想が出てきた？〟

どこからだろうか？　これは兵吾自身もわからなかった。だが、それは彼には今や自明の理のように思えるのだ。

「あの絶対真空では人間は正気を保てない。そのためにわざわざこんなニセモノの世界までこしらえている始末だ。ほんとうだったら、絶対に底無しの宇宙空間の、こんなところまでは来れるはずがないんだ。たったひとつの条件がなければ、だ」

〝——条件、か〟

「そうだ。それこそがすなわち〝敵〟の存在——おまえたち虚空牙が攻撃してくる、それに対抗しなくてはならない、という意地——ほとんどそれだけで、人類は今ここにいるんだと思う」

これもまた、ただ事実を述べているだけ、という極めてクールな態度で告げるのみだ。

「おまえたちの真の目的が何なのか、そんなことは実際、人類にとっちゃ全然関係ないんだ。人類はおっかない底無しの空間に出るにあたっての〝理由〟をおまえたちに勝手に見出したんだ。それだけのことだ。それだけで真空《ここ》までやって来たんだ——」

〝ここまで来ること、それはおまえたちにとって幸福なことだったと思うか？〟

「んなことたぁ、わかんねーよ。俺が物心ついたときにゃ、もう人間はここまで来ちまっていたんだからよ——それを変えることはもうできない。幸福か不幸か、それを考えるのはその前提に立った上のことだ」

そうだ——それはきっと、こんな風に宇宙に出ていることだけでなく、それ以外のすべての、如何なる時代の如何なる〝人生〟でも、きっと変わることのないことなのだろう。

〝……なるほどな〟

向こうも、納得したような気配を返してきた。

「おまえは、いったい何でこのカプセル船の中の世界にまで入ってきたんだ？」

兵吾はあらためて、この〝敵〟に向かって訊ねかけた。

これにはさっきと同じ返答が返るだけだった。

〝だから言っただろう、我は君に会うために来たのだ――〈戦士〉よ〟

その一言を聞いたとき、兵吾の背筋に冷たい稲妻のような感覚が突っ走った。

(――来る……!)

もうすぐ、こいつはかかってくる。

それが彼の感覚にはわかったのだ。

手にしている光線銃こと消去デバイスを握る手に力がこもる。

おそらく、チャンスは一瞬だけだ。それを逃したら、確実にやられる。

そう、真の目的がどうのこうの、などという小難しいことは、今のこの状況にはまるで関係がないのだ。裏にどんな事情があろうと、向こうがこっちを攻撃してくるという事実は動かない。

やらなければ、やられるだけなのだ。

「――――」

兵吾は、すうっ、とその両眼を閉じた。どうせ白い闇しか見えないのだ。それなら瞼《まぶた》の裏を見ていた方が落ち着く。

どのくらいの時間が経ったのだろうか。

あるいはそれは一秒後のことだったかも知れないし、十分後のことだったかも知れない。

そのときが来た。

音もなく、気配もなく、背後から高速で迫ってきたそれを、兵吾は自分でもどうして反応できたのかわからない。

感知したという自覚もなかった。気がついたときには、もう身体が勝手に動いていた。本能で対応した、そうとしかいえない。

突き出されてきた相手の槍の光る切っ先を受けとめる。

消去攻撃を受けとめられるものはこの世界には存在しない。だから、彼はそれ自体を以て防御した。

すなわち、手に持っていた光線銃を盾にして、槍を弾いたのだった。槍が命中するその瞬間に、銃口で受けとめて引き金を引いたのである。

「────！」

首なしから、わずかな──だが決定的な反応の鈍りが伝わってきたときには、もう兵吾は動いていた。

「──でぇえええええいっ！」

弾いた槍の、その柄の部分を蹴っ飛ばした。蹴られた槍は持ち主の摑んでいるところを軸点にして、弾かれていくその方向に押し込まれていく。

それは、その動きはそのまま武器を持っていた首なしの身体を、上から下まで唐竹割りに真っ二つにした。

――ぎぎぎぎっ……！


という軋むような音がして、そして次の瞬間には世界の光と闇の反転が元に戻った。

周囲が、ぱっ、と照明が切られたかのように真っ暗になった。槍も、その持ち主の敗北に伴《ともな》って、ふっ、と宙に掻き消すように消える。

「――ほっ」

と兵吾が息を吐いて地面に脚を下ろすのと、首なしの残骸が、ばしゃっ、と水たまりの残るトンネルの床に崩れ落ちるのは同時だった。

人類史上有数の、戦闘の天才。

ここに誰がいたとしても、その言葉に反論する気のある者は存在しないだろう。

「……やれやれ」

兵吾は首を振って、身体にまだ残っている極度の集中を解いた。

ずっと眼を閉じていたので、闇に眼が馴れている。トンネルの中がぼんやりと見渡せる。

死体が足元に転がっていた。

それは、この世界での調和のとれた、首が切られて胴が縦に真っ二つになっていて、そこから血がだらだらと流れ出ている、ただの死体になっていた。断面が情報表示になったりしていない、常識的なものになっていた。

ジャイロサイブレータが、世界の支配力を完全に取り戻したのである。

「やれやれ——」

ため息をひとつ吐いたそのとき、後ろから、ぱたぱたと足音が聞こえてきた。

そして、それに続いて女の声がした。

「——兵吾くん！」

振り向くと、虹色頭巾のヨンがこっちに駆け寄ってくるところだった。

（やっぱり、死んでなかったか）

なんとなく想像はついていたので、さほど驚かない。

「おう、始末はついたぜ」

彼は手にしていた光線銃を彼女に向かって投げた。

ヨンはそれを受け取って、眼を丸くした。銃口の辺りが半ば削り取られていたからだ。

「……どういう使い方をしたわけ？」

「ま、ちと乱暴に、かな」

兵吾は肩をすくめようとしたら、さすがに集中の反動が来たらしく、脚がもつれてよろけた。

そこにすかさずヨンが駆け寄り、その肩を抱きかかえて支えた。

「大丈夫？」

「ま、なんとか」

「でも――でもすごいわ！　あんな化け物を、人間としての能力しかない状態で倒すなんて！」

ヨンはやや興奮した口調で言った。

「完全な勝利じゃない、兵吾くん！」

「…………」

しかし、兵吾は浮かぬ顔だ。

「どうかした？　どこか怪我でもしてるの？」

ヨンが心配そうに訊いてくるが、彼はかぶりを振った。

「――いや、そうじゃなくて」

そのときである。

〝――完全な勝利、か〟

耳元で囁かれるような声がした。

〝戦士よ、おまえはそのようなものが本当にあると思うか？〟

びくっ、と兵吾は顔を上げるが、そんな彼をヨンは「?」と不思議そうに見つめるだけだ。彼女には、他のものには一切この声は聞こえていない。兵吾は心の中で返答した。

(——さてな)

ちら、と死体を見るが、それはやはり完全に死体だ。その死体が三度甦って動き出した訳ではない。声だけが彼の精神の中に、谺《こだま》のように残っているだけだった。

〝人間はそういう勝利を目指していると思うか?〟

(完全に、何もかもを負かしてその上に君臨したがっているか、か? ——さあな。俺にはわからん)

〝では、おまえはどうだ? 戦士よ〟

(——俺、か。さて、どーなんだろうな……まあ、確かにムカつく色々なことは全部ぶっとばしちまいたいってのは、あるけどな)

〝おまえは世界で、特別な存在だと思うか〟

(……わかんねーよ。色々とみんなは変な眼で俺のことを見ているみたいだが……しかしそんなこと言ったら、どんなヤツだって特別なんじゃないかって気がする)

〝なぜ?〟

(そいつと同じ人間なんか他には誰もいないんだからな。どんなヤツだって、そいつはそいつだけの、特別な存在だと思う。……違うか?)

この問いかけに、谺は答えずに他のことを言った。

〝——この、おまえたちの機械が創っている架空世界のモデルとなっている、惑星上にしかヒトが棲んでいなかった時代にも、我等の一部が赴《おもむ》いたことがある〟

(なんだって?)

兵吾は何を言われているのか理解できない。だが谺はかまわずに続けた。

〝そのときには、結論は出なかった。いや、結論それ自体が矛盾《むじゅん》していた。だから我等はヒトというのが〈ひとり〉が集まっているものか、全体としての意志を持つものなのか、それを検討することにした。しかしその答えは未だに出ていない〟

(……なんのことだ? 何言ってんだ?)

〝おそらく、戦士よ——君はあのときの、判断を保留せざるを得なかったひとりたちと同じなのだ。だから、我は君に会って、その精神が強靱たるか否かを確認に来たのだ〟

谺の声は静かだった。

〝そして結論は——やはり出なかった〟

(なに勝手に測ってやがるんだ? 何が出なかったんだ?)

〝君が、君であるから強いのか、君を支えるものがあるから強いのか——少なくとも、その区別は付けられないようだ。だから、やはり判断は保留せねばならない〟

(保留したら——なんだっていうんだ?)

ここで、はじめて谺は——虚空牙は表情らしきものを垣間見せた。それはどこかで、にやり、と笑っているような、そんな気配だった。

〝自らの手で滅びてしまわない限り、君等の立場は変わらない——戦い続けない限り、前進することは叶《かな》わないだろう〟

（前進、だと……？）

〝滅びたくなければ、足掻《あが》いてみせることだな——〟

そして声は今度こそ完全に、途切れて跡形もなくなった。

「…………」

兵吾は、端から見ているとずっと押し黙っていたようにしか見えない。

「——ねえ、ほんとに大丈夫？」

ヨンが不安げな調子で訊いてきた。

「ああ——いや、ちょっと都合悪いかな」

「え？　な、何が？」

「ヨン、あのさぁ——あんたに頼みがあるんだが」

「う、うん！」

ヨンは真剣にうなずいた。そこに兵吾はぼそりと言った。

「その、よ――変身を解いてくれないか」

「……は？」

「いや、そーゆー脚とかの線がモロ見えな服だと、どうも眼のやり場に困って、よ」

へへへ、と笑う。

「………………」

まじめに聞いていたヨンは、がくっ、とした。

「……なんだかなあ。真剣に聞いて、損したわ」

と言いつつも、彼女は言われたように眼鏡をかけて、一般人の、妙ヶ谷幾乃の姿に戻った。

「気になってたんだが、その眼鏡、いつもどっから取り出してんだ？」

「知りたい？」

「うん」

「教えたげなァい」

悪戯っぽく言う。二人はけらけらと仲良く笑った。

彼女に肩を支えられながら、兵吾はトンネルから外に歩いて出ていった。

＊

外に出たところで、兵吾は幾乃の支えから離れて、ひとりで立った。

周囲には月明かりが差している。頭上には夜空が広がっているはずだ。

だが押し潰されそうなプレッシャーを感じて、兵吾は上を見ることはできなかった。

足元には、だんだんと水がちょろちょろと流れてきていて、吹っ飛んだ河が元に戻りつつあるのがわかった。

「……ふうっ」

なんとなく、息を吐いた。

そのとき、向こうの方からばしゃばしゃと、水を踏んで接近してくる足音が聞こえてきた。

兵吾は音の方を見る。

その表情には安堵と、若干の困惑が混じっていた。

彼は、息せき切って走ってくるその少女の気配を知っていたからだ。

どういう顔で迎えればよいものやら、自分でも見当もつかない。

そして、向こうでもこっちの姿が見えたらしい。甲高い声が夜に響いた。

「ひ――兵吾！」

槙村聡美の声が、彼の耳を打った。その必死な呼びかけは、なかなか痛い響きだった。

彼女は兵吾のすぐ前まで走ってきて、そこで立ち停まった。

「ひ、兵吾――あんた」

兵吾が普通に立っていて、どこにも異状がないのがわかったようで、そこで身体が強張ったように動かなくなったのだ。

彼女の背後には、同じようにやってきた景瀬観叉子もいた。景瀬はこっそりと、兵吾にウインクしてきた。

(――ああ、そうか)

兵吾は、急に納得した。これから何が起こるのか理解した。

(そういうことか――)

兵吾が黙っているので、聡美は言葉を見つけられないようだ。口元を震わせているだけで、兵吾をじっと見つめている。

「――あ、あんたは――」

その眼には、今にもこぼれ落ちそうな涙がたまっている。兵吾は胸が締めつけられるような感覚に襲われた。

確かに、あの虚空牙の言っていたことは正しい、と思った。何が戦士だろう。自分はちっとも強くなんかない。工藤兵吾、それ自身は無力で、何もできないちっぽけな存在に過ぎない。

この目の前の女の子。どうすれば、この彼女にこんなたまらない表情をさせないようにできるのか、彼にはわからないのだった。

これからも彼は、結局——するしかないのだから。

弱々しく、兵吾は頼りない微笑みを浮かべた。せめて笑いかけたい、と思ったのだ。これが最後かも知れないのだから——

そして、言った。

「よ、よお——走ってきて、疲れなかったか?」

我ながら間抜けだと思った。そしてその気の抜けた言葉を聞いた途端に、聡美の眼から涙がみるみるあふれ出てきた。

「——ばかっ!」

叫んで、そして彼女は思いっきり兵吾の頬を平手打ちした。

——ぱあん、

という風船が割れるみたいな派手な音が工藤兵吾の耳を打ち、くらっ、とする感覚があり、そして――

4.

『――**警告、警告。敵弾反応！**』

頭の中に直接、そのナビゲーションが飛び込んできた。脳裏に視えているのは、お馴染みの七千七百七十七億七千七百七十七万七千七百七十七キロメートル半径の空間認識だ。

虚空の、終わりのない夜が茫漠と広がっている。

幸いなことに意識がとんでから、まだほとんど時間が経過していなかった。だがカプセル船に迫ってきている敵の数は、実に三十五体――こっちの戦力の三倍以上だ。

（――くそっ！）

機体制御を回復させたマバロハーレイは武装腕《アームドアーム》を展開させて、力場パルサーで飛んできた敵弾を弾き返した。さっきの槍を銃で受けた神業《かみわざ》と同じことだったが、この絶対真空の戦場では、こんなものはただの一動作に過ぎない。

『**今の衝撃で第三アームドアームの神経バイパスが四千三十七箇所切れました。システムエラーが発生しました。機能二十六パーセントダウン。回復まで四ミリセカンドが必要で**

す』

マバロハーレイはダメージを受けても躊躇《ためら》うことなく、苦戦している味方の援護に向かっていく。

三体の敵が一機のナイトウォッチを攻撃しているところに割り込む。

『警告、警告。複数の敵の有効射程内に侵入しています。攻撃を受ける恐れあり――』

（わかってるんだよ、んなこたあ……！）

マバロハーレイは味方に当たらないように亜空間ブラスターを乱射した。かすりもしないが、この回避動作のために敵の包囲網がやや広がった。

味方機は、その間に隙をついて包囲の外側に脱出できており、マバロハーレイを援護する射撃を行ってくれた。

しかしそれで脱出するつもりはなかった。一番近くにいる敵に向かって、突撃する。

一拍、待つ。

敵が砲撃するために動きを停めた、その瞬間にこっちも攻撃した。

わずか三キロメートルという紙一重で敵の波動撃は外れて、こっちの一撃は敵のど真ん中を貫いている。

爆発していく敵をかすめるようにナイトウォッチは超光速で飛び、他の敵が既に自分に定めているはずの照準を爆発余波でぼやけさせようとする。

それでも、雨霰と波動撃が次々とこっちに向かって飛んでくる。

反撥装甲の表面を衝撃が走り回り、機体は激しく振動する。

（――くそくそくそくそくそくそっ！）

逃げながら、なんだかわからないものに向かって、必死で毒づく。

『警告、警告。進路設定軸が固定できません。現在位置を見失う危険があります。ＶＬ型シンパサイザーが空間同調するまで機体を安定させてください』

できるか、阿呆《あほう》。

マバロハーレイはとにかく全開で加速するしかない。

敵は追ってくる。

だがその敵に、横から味方が攻撃してくれた。二体の虚空牙が一度に消滅する。

〝囮役、ありがとさん――〟

通信が入る。彼より一瞬早く回復していたリーパクレキスだ。

（また、借りをつくっちまったな――）

〝いいや、貸しはもう返してもらったわ――向こうでね〟

リーパクレキスの気配は、なんだか照れているみたいにも感じた。河から落ちそうになった景瀬観叉子を助けたことを言っているのだろう。

（あんなんじゃ全然足りねーよ――いや、今はそんなこと言ってる場合じゃないか――）

マバロハーレイは転進して、リーパクレキスと共にカプセル船に向かってきた敵の迎撃に回る。

敵はすぐにこっちに進路を変えて、襲いかかってきた。

激しい攻防が続くが、敵の数が多すぎて有効な攻撃ができない。それ以上敵を一体も倒せず、それどころか味方のほとんどが何らかの損傷を機体に受けているような状態になってしまっていた。

（――くそ、これじゃ埒《らち》があかねえ！）

物量に押し切られて、壊滅するのは時間の問題だった。

（リーパクレキス、ムーグニージイ、フォッケゼメルト！　サポートを頼む。マバロハーレイが敵を、カプセル船領域から引き剝《は》がす！）

複数の味方に向かって通信で呼びかける。

〝なんだと？〟

〝なんですって？〟

〝どうする気だ？〟

いっせいにそれぞれのコアから〝疑問〟の返事が返ってきた。

（さっきの〝囮役〟だ！　あれしかない）

〝――自分に敵を引きつけて、ひっぱっていこうっていうの？〟

〝無理だ！　数が多すぎるぞ！〟

（だから〝一周〟させるんだ──）

言いながら、もうマバロハーレイは突撃軌道に乗って、猛加速を開始している。

敵が三体、同時にこっちの方を向いて砲撃してきた。

ムチャクチャに機体を動かして、すれすれのところで爆撃の衝撃をすり抜けながら、マバロハーレイのコアの脳裏《のうり》には、先刻の〝敵〟に言われた言葉が響き続けていた。

滅びたくなければ、足掻いてみせることだ──

滅びたくなければ──

滅び──

難しいことは、わからない。

絶対真空の広大な宇宙のただ中にあって、存在しているということなどちっぽけなものに過ぎないというのも、理屈としてはわかるが実感としては重みを感じない。

人間とは存在していてはいけない生き物なのではないか、他を信じられず、憎み合い、足を引っ張り合い、殺し合い、争い続けるだけのものなどなくなってしまってかまわないのではないか、という考え方も、力はあるが決定的なものが欠けているような気がする。

生きていて何か良いことでもあるのか。

辛いこと苦しいこと悲しいこと、数多いそれらを差し引いた後の人生に何があるのだろうか。

わからない。

難しいことは、彼にはよくわからない。

ただはっきりしていることはひとつだけ。

自分は何なのか、と問いかけたときに、実に明解な答えが返ってきたということだけだ。

彼女ははっきりとこう言った……


「——ばかっ！」


……と。彼は愚かであり、未熟であり、肝心のことは何一つ達成できず、すべてが曖昧《あいまい》で適当なままだ。あまりにも途中のことが多すぎる。

先に何があるのか、そんなことはわからない。ひどいことが待っているだけなのかも知れない。空っぽの方がマシなのかも知れない。だが——

だが、これでは嫌だ。

こんな中途半端では、嫌だ。

こんなところで、こんな半端なところで滅びてたまるものか。

少なくとも、もう少し見通しのつくところまで辿り着かなければ、善し悪しの判断も何もできはしないではないか。

そして嫌なら——そう、この途中が嫌ならば、脱出するためには足掻かなくてはならないのだ——。

（——くそったれが！）

連鎖する衝撃。

『——第四セクターの反撥装甲表面に深刻な力場崩壊亀裂が発生しました。回復まで七ミリセカンドが必要です。その間に当該箇所の時空切断スクリーンに至近撃を被弾した場合、本機は断裂消滅する危険性が——』

ナビゲーションがけたたましく鳴り響く。

無視して、突き進むしかない。

マバロハーレイはカプセル船の周囲を巡るようにして機動し、ひとつの敵の側を通過したと思ったら他の敵めがけて突撃する——ということを続けている。

もちろん無理矢理な体勢から撃ちまくっている砲撃は、敵に一発たりとも当たらない。

だが彼に対して防御のために砲撃方向を変えた敵は、彼をサポートする味方機の集中砲火を浴びて進路を変えて、そう——彼を追撃せざるを得ない状態になる。

目の前の彼を撃墜して、そこを通過して体勢を立て直すのが最良の道だからだ。

だが、彼は墜とされない。

すでに彼の後尾には、現在で十七体もの敵がいて、さらにどんどん増えていて、それらすべてが彼を狙って砲撃してきているのだが、それでも彼は墜ちるわけにはいかない。

びりびりと、機体だけでなくその内部にいるおぼろげな肉体感覚の方にまで振動が伝わってきている。

さっきからずっと、機体限界を越える加速をし続けているのだ。

あと数十ナノセカンドもこれを続けたら、この機体自体が時空位相加速のバランスを失って、複数の異なる時間の激流に呑み込まれてバラバラになってしまうだろう。

だが、それでも停まるわけにはいかないのだった。

『——**警告、警告。本機の——**』

もうナビゲーションも鳴りっぱなしなので、何を言っているのか一々わからなくなってきている。

だが、マバロハーレイはそれでも揺らぐことなく作戦行動を続ける。

そう、確信があった。

あるはずなのだ。

絶対にあるはずなのだ。

あそこには、あれがあるはずなのだ——。

〝——マバロハーレイ！　駄目だわ、引きつけてもらっても、敵の動きが速すぎて一体も撃破できない！　離脱して！〟

リーパクレキスから悲鳴のような通信が入る。

だが、彼は「…………」と返事をしない。

〝——ねえ、聞こえないの⁉　ねえってば！〟

リーパクレキスが、進路を変えて彼の方に来ようとしているのを視て、やっと返事をする。

（——来るな！　まだ途中なんだ！）

〝途中……？〟

（まだ作戦は終わっていない——あと少しなんだ！　頼む、もう少し保《も》たせてくれ！）

〝あ——あなたが保たないわよ！〟

これには返事をしない。

ただ突き進むのみだ。

〝作戦というのは——何だ？〟

他のナイトウォッチ・コアからも質問が来た。これにはなんとか答える。

（——質量爆撃だ。この近隣にある浮遊物体にヌル爆雷と強重力子メギドを同時にぶち当てて、空間変転を起こして敵をまとめて異次元に吹っ飛ばす——！）

〝し、質量爆撃だと!?〟

〝そんなこと無理よ！　だいたい〈浮遊物体〉って？　あなた、ここをどこだと思っているのよ！　恒星間空域には、小惑星どころか塵《ちり》ひとつ漂っちゃいないわよ！〟

　そうだ。彼女の言う通りである。そして、たとえば自機のアームドアームを切り離したりしても無理だ。そんなことをすれば敵に簡単に意図を読まれて有効範囲外に逃げられてしまう。あくまでも以前からそこに漂っていたものでなくてはならないのだが、しかしそんなモノがあるというのだろうか。

　ここは空っぽの世界だ。

　この底無しの夜には何も存在しないのが当然なのだ。

（——だが）

　だが、あるのだ。

　今ならばあれがそこにあるのだ……！

　カプセル船が航行してきたコース上に、必ずある。カプセル船の内部と、外装域では時間の流れに違いがあるから、正確な場所は予測できないが……。

（——間違いない、と確かに言っていた）

　妙ヶ谷幾乃が——ヨンが、はっきりと言っていたのだ。

「――それは間違いないわ。あの敵は確かに死んで、もうその本体であった死体も船外に投棄した――」

そう思い返した直後に、とうとうそれが視えた。ぽつん、と点のように小さい、その有機物が。

彼とヨンに殺された、旧世界からの潜伏者にして、死と破壊のみを目的としていたテロリスト――青嶋麿之介の死体がくるくる回りながら虚空に漂っていた。

（――今だっ！）

マバロハーレイは限界に来ていた加速と、そして機体各所の時間制御をすべて切ってしまった。つまり――急停止《ブレーキ》を目一杯かけた。

ほとんど、静止した。

唐突な制動だったので、敵のすべては対応できずにすべて彼を追い越していく。

そして、彼は引き金を引いた。

恒星ひとつ程度なら簡単に吹っ飛ばしてしまう空間破壊の一撃と、太陽系すべてをひとつに固めてしまうほどの強重力の一撃を、同時に、同じひとつの物体に――青嶋麿之介の死体めがけてぶっぱなした。

外しっこない。

その瞬間、凄まじい閃光と熱波と衝撃が一帯の空域を埋め尽くし、そして——

星を視る

over the stars

……とても静かだった。

すべての感覚器官が強烈なショックで切れてしまい、外のことは何もわからない。ナイトウォッチの操縦システムにつながれた肉体だけが、彼に感じられるすべてだった。自分の呼吸音と心臓音しか耳にするものがないが、別にそれがまとわりついてうるさい、という気も特にしない。

闇の中だ。

眼が閉じられているのか、塞《ふさ》がっているのか、と考えたときに、そうか、と思った。まだナイトウォッチの空間認識システムと視覚がつながったままなのだ。その回路が切れているのだから、当然のごとく、何も見えない。

とても……静かだ。

その静寂が、とても贅沢《ぜいたく》な安らぎのような気がして、そこから離れたくはなかったが、そうも言ってはいられないので、彼は仕方なくシステムダウンしていない入力回路を通して機体に指令を下す。

「……光学式視覚を再起動してくれ」

声に出して言うと、音声入力回路が作動して彼の言った通りになる。といっても何のことはなく、ただ彼の眼の上に被さっていた機械が外れて眼球が剝《む》き出しになっただけである。

「…………」

やっぱり、周囲は暗い。眼が馴れず、操縦システムのキャビン内はぼんやりとしか見えない。

だがそのぼやけた視界の中で、予備システムのモニターがついているのは見えた。ちかちかと瞬いていて、現在の状況を表示している。

それによると、どうやら敵は撃破できたらしい。最後の認識データによると、襲撃してきた敵の大半はあの質量爆撃で吹っ飛ばして、それから逃れたものも、追撃してきていた味方機が撃墜してくれたようだ。

状況達成率一〇〇パーセント、という表示が誇らしげに点灯している。

「やれやれ……」

ほっとして、彼は吐息をついた。

とりあえず、やることはやったのだ。

あとは……運次第だった。

モニターによると、現在位置が不明である。カプセル船との相対距離も不明だ。もしもあの衝撃で船と反対方向に弾き飛ばされていたとしたら、ただでさえ空間認識可能域すれすれの場所だったのだ、もはや帰る道を知る術《すべ》はない。

システム修復まで、まだ時間がかかる。

機能が回復したときに、カプセル船が視えれば彼は帰れるし、そうでなければ……このまま宇宙の星のひとつとなって永遠に漂い続けることになるだろう。

だが彼の心にはなぜか不安も焦燥も浮かんではこない。

とても静かだ。

この穏やかさは、ほんのひとときのことだろう、というのは理解していた。事態がどっちに転ぼうと、その後であたふたと対応しなくてはならない。無事に帰れるのならば帰れるで色々あるし、帰れない状況になっても、たぶん自分はぎりぎりまで、たとえ進路に何も確認できなくとも、とにかく前進してカプセル船が視える位置にまで行こうと努力するだろう。確率的にいうと、それは儚《はかな》い努力ではあるのだが、それでも彼はやるだろう。

だから、この落ちつきは今だけだ。

ほんの少しの、ひとときの安らぎだ。

指先にかすかに痺れるような感覚が残っているのも、なんとなく心地よいほどだ。

「――ん、んん……ん……んんん――」

気がつくと、ハミングを口ずさんでいた。

何の歌かは思い出せなかった。安定装置の方の人生の記憶にある歌なのか、コアとなった最初の人間の方の、固定記憶の残滓にある歌なのか、自分でもよくわからなかったし、そのことをはっきりさせようとも思わなかった。

どうせ、その歌は彼にしか聞こえないのだし、そうなればその歌は、彼に、この場所で歌われるためだけにこの世に存在していた歌であるといっても、誰も文句を付けられる者はいない。

モニターの、機能回復率のゲージがどんどん埋まっていく。

あと少しで、運命が決定する。

モニターの情報をぼーっと見ていた彼は、ふと、ああ、そうだ、と思いついた。

ずっとできなかったことを今、やってやれ、と思った。

音声入力回路にアクセスする。

「――外装装甲を展開して、キャビンブロックのキャノピーを二次段階まで露出させろ」

窓を開けろ、と命じた。

それを実行するだけの機能があるかどうか、機械はしばしば検索し、可能だという回答を返してきた。

ごうん、という鈍い音が遠くから聞こえてきて、そして、薄暗いキャビンの前方に亀裂が入っていく。

それに併せるかのように、彼の眼がどんどん見開かれていく。

「…………！」

彼は絶句していた。

開かれていく世界の向こうに、それがあった。

これまで、恐怖があったり、プレッシャーがあったりして、まともに見ることができなかったそれが、彼の真正面の全面に、何の遠慮もなくどこまでも存在していた。

びっしりと、満天の星が視界一杯に広がって、そしてその数え切れない無数の、そのどれもがどんな宝石よりも、芸術よりも、喜びや悲しみや切なさよりも――すべてを色褪《いろあ》せさせて、かき消してしまうほどに輝いていた。

銀河中心に近いその星空は地球から見るよりも遥かに密度が高い。それが恒星燃焼の放射だとか重力異常による歪《ひず》みの顕《あらわ》れだとか、そのような論理的認識などひとつ残らず吹っ飛ばしてしまうほどに、膨大に、豊富に、圧倒的にきらきらと、ただひたすらに――美しい。

「……ああ――」

無窮《むきゅう》の星空のもとで、戦士はすべてを忘れて、まるで初めてのことに遭遇した子供のように、潤んだ眼で茫洋と見つめ続けた。
その虚空にして虚無ではない、果てしなき星々の——夜の彼方を。

"The Night Watch into The Night Yawn" closed.

すべては過ぎ去って、遠い昔のこと――
今のぼくはただ、星屑の歌を聞いている

――M・パリッシュ〈スターダスト〉

あとがき――見えるものをみんな足しても

意外に知られていないというか、割と盲点なのは〝星座〟というやつである。実は僕もかなりの歳になるまであれは〝そういう風にくっついているもの〟とばかり思っていたのだが、違うのである。あれは地球から見ると、ああいう形に並んでいるのだが、実際には星は全然関係のない位置に散らばっていて、たとえそのうち星のひとつの近くまで行っても、そこに〝獅子座〟だとか〝北斗七星〟といったものがあるわけではないんだそうである。それどころか宇宙船でどんどん宇宙を進んでいくと、星座というものはみるみる形が変わってしまうんだそうである。見える位置が変われば、並び方も変わってしまうという理屈らしい。ご存じの方には何を今さらだろうが、なかなか気がつかないところでもある。だいたい夜空のお星さまというのはなんだかロマンチックなものという意識が、いい歳こいた大人の癖に僕にはまだあるので、星座なんてものはただの〝見え方の問題だ〟とか言われるとちと寂しい気にもなってしまったりする。

ところで星座というものが発明された頃には、もちろん星が太陽と同じものであり、それどころか太陽なんてものはあれらの星に比べると、恒星としてはかなり小さい部類に入るものだということなど誰も考えていなかった。それどころか月なんてものはまったく、星の仲間に入れることなどお話にならないただの地球の衛星で、それ自体は光ったりしないでお日様の照り返しでそう見えるだけ、なんてこともまったく思いもよらないことだった。お星さまのロマンチシズムが、どころではなく、星の動きを見て世界の運命を知ろうというような姿勢は、大真面目のただのリアリズムであったのだ。現代の我々から見れば、星占いというのはロマンチックなものであるが、実際にそれらが本気で信じられた時代では、それは例えば戦争の攻め込む時期を決めるとか、何人かの候補者の中からひとり王様を選ぶのだが、選ばれなかった者は殺してしまうとか、要するにそういうことにマジで使われていたわけである。たぶん今の、それこそ罪のない女子中学生が「星占いというのはこれこれこういう仕組みになっていて。水瓶座と天秤座の相性は」などとその当時でやろうものなら彼女はとんでもない博識の魔女である。時代が変わるというのはつまり、そういうことなのだ。

今現在、僕たち人間に見えているものは精密な科学知識であったり積み重ねてきた過去よりの知恵だったりするわけだが、それらは〝そういうこと〟の果てにあるものだ。かつては重大だったことが、なんだか可愛らしいものに変わっていく過程と言おうか、必死で眼の色を変えてやらなくてはならなかったことが、誰にでも簡単に扱えるようになるのをえんえん繰り返すことと言おうか。そして血腥《ちなまぐさ》かったことがロマンチックなものになっていくことであるならば、例えば戦闘兵器のロマンがどうの、とかいうと眉をひそめる女性諸氏もおられるだろうが、なに、本当にロマンになりきってくれた方がいいようなものである。残念ながら、今は全然そうじゃないけど。

僕らに今、見えているすべてを足したとしても、まだまだこの世のすべてをロマンとして割り切ることはできない。「冗談じゃないんだよこれは」とか「綺麗事が通用する程甘くない」というものがある以上、僕らはたぶん、まだすべてのことを星座のように「本当はあんな形をしていないのは知ってるけど、でもそう思えば楽しいじゃないか」と言えるほどには世界を見ることができていない。それどころか、なんだか肝心な何かを全然見ていないような気がしてならない。「科学の進歩は人を幸福にしたとは思えない」という意見に対して完全に否定できるだけの論理はきっと、この世のどこにもないだろう。明らかに僕らが見ているものでは足りない。だが、おそらく今のほとんどの人に「足りないと思いますか」とか聞いてみれば「いや、もう結構」とか「足りなくても良いから、もっと今をなんとかして欲しい」という答えが返ってくるのではなかろうか。そしてきっと、人間は歴史の中で、ずーっとそう言い続けてきたのではないか。しかし、その彼らの意志に反して、今の僕らは彼らより遥かに多くのものを見ている。だったらさぁ——といきなり砕けて言ってしまうが、だったら見るものを増やしていくということに、もう少し積極的になってもいいんじゃねーのか、とかそーゆーことを「綺麗事」を排除したがる世界に対して言ってやりたいものではある。「けっ、どーせおまえが後生大事に抱えているものは、何百年後かにはロマンチックの欠片《かけら》だよ」とかさ。でも残念ながら、僕にもやっぱりそう言い切るだけのものは見えないので、とりあえず色々と困りつつひねくれて星空を見上げるだけなんだけど、あーあ。以上。

(強気なのか弱気なのか、どっちかにしろよおまえは)
(だってどっちも本当なんだから、しょーがねえじゃん)

BGM "nothing as it seems" by PEARL JAM

付記——戦闘の天才とはなにか

古今東西の強者たちはどういう人々なのか、ということを調べてみたことがあるのだが、僕が「この人はほんとうに強いんじゃなかろうか」と思った人々の間には、ある種の共通した印象があった。それは端的にいうと「勝っても喜ばない人たち」ということになる。それは謙虚であるとか傲慢《ごうまん》であるとかの性格的な問題ではなく、ある人は「仲間たちのおかげで自分の役割などどちっぽけだ」というし、ある人は「勝って当然なのだから嬉しくもなんともない」ともいうので、タイプはかなり異なっているのだが、それでも皆、口を揃えたように「ひとつひとつの勝利自体には大して意味はない」というのだった。だから歴史上の大きな戦いみたいなものを振り返ると、一番ムキになって活躍して勝利に貢献したような人は、気が付いたらそこで役割が終わってしまって、次の戦いのときにはどこにいるのかもよくわからなくなっていたりすることは珍しくない。そういう人は真に強いといえるのか。どうもそうとは思えない。では強さとはなんなのか。目の前の戦いをくぐり抜けて明日につなげることができる真の強者とはどのような存在なのか——そんなようなこ